AF282483

Jörg Polster

Ein Volk, eine Wahl, ein neues Land

Eine realistische Fiktion

Jörg Polster

Ein Volk, eine Wahl, ein neues Land

Eine realistische Fiktion

Impressum:

Bibliografische Information der Deutschen Nationalbibliothek: Die Deutsche Nationalbibliothek ver-
zeichnet diese Publikation in der Deutschen Natio-
nalbibliografie; detaillierte bibliografische Daten
sind im Internet über dnb.dnb.de abrufbar

Verlag:
BoD · Books on Demand GmbH, Überseering 33,
22297 Hamburg, bod@bod.de

Druck: Libri Plureos GmbH, Friedensallee 273, 22763 Hamburg

ISBN: 978-3-8192-8149-5

Inhaltsverzeichnis

Vorwort des Autors:

Die aktuelle politische Lage hat mich dazu angeregt, dieses Buch zu schreiben. Ich habe es, der Realitätsnähe wegen, in der Art einer Tagebuch-Chronik geschrieben. In diesem Buch gibt es viele Helden, auch wenn sie sich selbst so nie bezeichnen würden. Insbesondere Georg und Mohammed, die durch die fiktive aktuelle politische Lage nach der Wahl in diese für sie neue Situation hineingerieten.

Insbesondere möchte ich darum dieses Buch als meine persönliche Mahnung herausgeben, um die jetzige, vergangene und zukünftige Generation daran zu erinnern, dass die Demokratie und das Leben, dass wir führen, kein Geschenk ist. Jeder muss seinen Teil dazu tun, dass die im Buch beschriebene Situation möglichst nicht eintritt.

Ich selbst wüsste nicht, ob ich den Mut aufbringen würde, so eine Rolle wie Mohammed und Georg und alle anderen „Helden" einzunehmen.

Aber das Beste wäre es, wenn wir dies für uns nie herausfinden müssten.

Jörg Polster, Juni 2025

Alle handelnden Personen und Namen sind frei erfunden.

Prolog:

Der Morgen danach

„Unser Ziel ist es, Ordnung zu schaffen. Deutschland ist das Land der Deutschen." – Adelheit W. Liebeschals, Kanzlerrede, 2029

Der Himmel über Berlin war bleiern. Kein Regen, keine Sonne, nur dieser stille Druck, der die Stadt seit der Wahl nicht mehr verlassen hatte. Zwei Jahre war es her, dass die rechtsorientierte Partei „Nationaler Aufruf der Freiheitshelden (NAF)" bei den Bundestagswahlen die absolute Mehrheit gewonnen hatte. Zwei Jahre, seit die neue Kanzlerin Liebeschals in einer Rede auf dem Reichstagsbalkon erklärte, dass „eine neue Zeit" angebrochen sei.

Es war kein Putsch gewesen. Kein Gewaltakt. Nur ein Kreuz. Millionenfach bei NAF. Und nun: ein anderes Land.

Der „Masterplan Remigration" war Gesetz geworden. Die sogenannte Kulturwende lief auf Hochtouren: öffentlich-rechtliche Medien umstrukturiert, NGOs verboten, das Bundesverfassungsgericht entmachtet. Eine „Identitätsoffensive" hatte Schulen,

Universitäten und Theater erreicht. Wer nicht ins Raster passte, fiel heraus

So nüchtern klang das Ende einer Gesellschaft.

Und niemand widersprach, als das neue Sozialministerium der NAF-Regierung folgende Direktiven herausgab:

Menschen mit Behinderungen sollten künftig „so wohnortnah wie möglich und so kosteneffizient wie nötig" betreut werden. Die „Förderung individueller Lebensentwürfe" wurde gestrichen. Stattdessen hieß es: „Inklusion ist kein Selbstzweck. Wer nicht beitragen kann, soll nicht erwarten, getragen zu werden."

Die Werkstättenverordnung wurde überarbeitet. Menschen mit geistiger Behinderung wurden in sogenannte „Tätigkeitsreservate" eingewiesen. Das Wort Teilhabe verschwand aus allen Gesetzestexten.

Arbeitslosen ohne deutschen Pass wurde ab dem 3. Monat jede staatliche Hilfe gestrichen – mit Verweis auf „volkswirtschaftlich fremde Belastungen".

Ein Gesetz zur „Wiedereinführung von produktiver Ordnungspflicht" verpflichtete Langzeitarbeitslose zur „arbeitsorientierten Eingliederung". Sie erhielten weniger als den Mindestlohn – aber „Unterkunftsunterstützung im Kollektivraum".

Kritiker sprachen von Zwangsarbeit. Die Regierung nannte es: „Forderung durch Förderung".

Für Menschen mit psychischen Erkrankungen entfiel das Anrecht auf freie Therapieplatzwahl. Nur „staatszertifizierte Psychologien mit identitätsstärkender Grundhaltung" durften weiter tätig sein.

Arbeitslosen wurde ab dem 6. Monat jede weitere staatliche Hilfe gestrichen, wenn sie für den Staat keine Leistung erbringen.

„Wir müssen gesunde Bürger stärken, nicht Schwache stabilisieren", sagte ein Staatssekretär im Interview mit dem neuen Sender HeimatTV.

Im neuen Schulgesetz wurde das Inklusionsrecht gestrichen. Sonderklassen wurden wiedereingeführt – getrennt nach „pädagogischer Machbarkeit".

„Nicht jedes Kind passt in jede Klasse", sagte ein DVR-Abgeordneter. „Und manche Kinder gehören einfach nicht ins Bild unserer Zukunft."

Der Satz, der alles zusammenfasste, stand nicht im Gesetz. Er fiel bei einem internen Treffen. Ein Redenschreiber sagte: „Eine Gesellschaft ist nicht dazu da, alle zu tragen. Sondern jene, die gehen können, schneller gehen zu lassen."

Und niemand widersprach.

Kapitel 1: Schatten über Leipzig

In Leipzig, einer Stadt voller Erinnerungen an Revolution und Protest, lebt Georg. Und in einem Land, das ihn ablehnt, lebt Mohamed.

Georg erwachte früh, obwohl er nicht mehr zur Arbeit musste. Sein Lehrerposten war ihm im Frühjahr entzogen worden. Der Bescheid war kalt gewesen: „Dienstunfähigkeit wegen politischer Illoyalität." Ein paar Monate zuvor hatte er im Unterricht ein Gedicht von Erich Fried besprochen – „Was es ist". Danach begannen die Hausdurchsuchungen in seinem Kollegium. Erst bei Frau Radl, die in Geschichte noch über Kolonialismus sprach. Dann bei ihm.

In der Küche brühte er sich Kaffee auf. Mohamed saß schon am Tisch. In seiner Hand hielt er ein Schreiben, das am Vortag im Briefkasten lag. „Ich soll zur Überprüfung. Nächste Woche." Georg sah ihn an. „Was heißt das konkret?" „'Feststellung der integrationsbezogenen Loyalität'. So nennen sie's." Mohamed versuchte zu lächeln, aber es brannte in seinen Augen. „Es ist ein Verhör. Mit Psychologen, Polizisten, Sprachprüfern. Alles in einem Raum."

„Was, wenn…?" „Wenn sie meinen, ich bin nicht deutsch genug?" Mohamed zuckte mit den Schultern. „Dann bin ich weg." Die Stille zwischen ihnen war schwer wie die Zeit, in der sie lebten. Georg erinnerte sich, wie sie sich kennengelernt hatten. 2014. Mohamed war neu in der Stadt, ein junger Bauingenieur, wortgewandt, witzig. Sie hatten sich auf einer antirassistischen Demo getroffen. Damals, als Pegida noch als Randerscheinung galt. Damals, als „Nie wieder" noch eine Mahnung war – und kein leerer Slogan.

Kapitel 2: Der erste Riss

Leipzig, Dezember 2029. Drei Monate nach der Wahl.

Die Stadt wirkte äußerlich ruhig. Das war das Verstörendste. Es gab keine Barrikaden, keine Sirenen, keine offenen Straßenkämpfe. Nur Stille. Der Riss lief nicht durch die Häuser – er lief durch die Menschen. Durch ihre Blicke, ihre Sätze, ihre unausgesprochenen Gedanken. Georg war sich sicher: Leipzig war nicht mehr dieselbe Stadt.

Er ging den langen Weg von der Albert-Schweitzer-Schule nach Hause zu Fuß. Sein Fahrrad hatte er vor zwei Wochen verkauft – offiziell wegen Geldnot, inoffiziell aus Angst, erkannt zu werden. Die NAF hatte kurz nach der Wahl den öffentlichen Dienst durchleuchten lassen. Lehrer mussten eine Loyalitätsklausel unterschreiben: „Ich bekenne mich zur deutschen Leitkultur, zur gewachsenen Identität unseres Volkes und zur Integrität unserer nationalen Souveränität." Georg hatte es verweigert. Am schwarzen Brett hing sein Name seitdem auf rotem Papier: „Vorläufig beurlaubt. Prüfung durch das Landesamt."

Er bog in die Seitenstraße ein, die zu seinem Plattenbau führte. Die Lichter waren matt, grauer Beton und grauer Himmel verschmolzen zu einer einzigen Farbe. Dann hörte er es. „Du bist doch der mit der Fried-Geschichte, oder?" Zwei Männer standen an der Bushaltestelle. Dunkle Kleidung. Keine Uniform, aber irgendetwas an ihnen war… identisch. Die Haltung.

Die Haltung war das Erschreckendste. Aufrecht, abwartend, selbstgewiss. „Was meinen Sie?", fragte Georg, den Blick auf den Boden gerichtet. „Dieses Gedicht. Von dem Juden. In deiner Klasse. Bist du stolz darauf?" Georg hob den Kopf. „Ich bin stolz darauf, meinen Schülern denken beizubringen." „Denk mal lieber nach, ob du hier noch hingehörst."

Er ging weiter, schnell, ohne sich umzudrehen. Erst als er seine Wohnungstür hinter sich geschlossen hatte, atmete er durch. Zitternd. Wie damals, in seiner Kindheit, als er sich vor einem Gewitter unter dem Bett versteckt hatte. Am Küchentisch saß Mohamed. Er hatte die Nachrichten gesehen – Adelheit Liebeschals, in einem weißen Blazer, sprach von der „neuen Ordnung, in der kein Platz mehr für Selbsthass und Umerziehung" sei.

„Weißt du", sagte Mohamed leise, „ich habe mich früher oft gefragt, was unsere Eltern meinten, wenn sie über 1933 sprachen. Jetzt weiß ich es. Es fühlt sich an wie ein langsames Ersticken."

Georg setzte sich zu ihm. Ihre Hände berührten sich für einen Moment. Nicht romantisch – existenziell. Zwei Menschen, verbunden durch etwas Unsichtbares.

„Wir müssen irgendetwas tun", flüsterte Georg. „Was denn? Briefe schreiben? Die Post gehört jetzt auch denen." „Nein, erzählen, schreiben, aufnehmen - es weitergeben. Irgendjemand muss das alles festhalten." Mohamed schwieg.

Dann nickte er. „Dann fangen wir an."

Kapitel 3: Die stille Prüfung

Berlin, Ministerium für Innere Ordnung, Januar 2031

Mohamed Khalidi, 33 Jahre, geboren in Stuttgart, wird zur Loyalitätsprüfung geladen. Der Brief war sauber formuliert, als handle es sich um eine Steuererklärung:

„Herr Khalidi, im Rahmen der integrationsbezogenen Vertrauensprüfung gemäß §7 des Gesetzes zur nationalen Ordnung und Kulturidentität (G-NOKI) laden wir Sie zu einem persönlichen Evaluationsgespräch. Ziel ist die Feststellung Ihrer Verbundenheit mit der deutschen Leitkultur und Ihrer grundsätzlichen Eignung zur staatsbürgerlichen Zugehörigkeit."

Mohamed trug sein schlichtes Hemd, das er sonst nur zu Bewerbungsgesprächen anzog. Er wollte kein Risiko eingehen. Die Schlange im Eingangsbereich war lang. Männer, Frauen, Alte, Junge – manche nervös, manche abwesend, manche wütend. Die Kamera an der Decke surrte. Eine Stimme vom Band sagte immer wieder: „Willkommen im Haus der Heimat. Bitte halten Sie Ihre Dokumente bereit."

Ein junger Beamter führte ihn in einen Raum ohne Fenster. Drei Personen saßen am Tisch: eine Juristin, ein Psychologe, ein Beamter des Bundesamts für Remigration und Kulturpflege (BRK). Hinter ihnen hing ein großformatiges Porträt von Kanzlerin Adelheit W. Liebeschals. Der Blick fest, das Lächeln dünn.

„Herr Khalidi", begann die Juristin. „Sie sind 1994 in Stuttgart geboren, korrekt?" „Ja." „Ihre Eltern kamen aus Tunesien. Wann war das?" „1988. Mein Vater war Maschinenbauingenieur." „Und Sie? Was machen Sie beruflich?" „Ich bin promovierter Bauingenieur. Ich arbeite an nachhaltigen Wohnprojekten."

Der Psychologe beugte sich vor. „Fühlen Sie sich deutsch?" Mohamed stockte. „Ich bin deutsch." „Das war nicht die Frage." Einatmen. Ausatmen. „Ja. Ich fühle mich deutsch.". „Was halten Sie von der Aussage, dass Deutschland kein Einwanderungsland ist?" Pause.

„Ich denke, Geschichte und Gegenwart widersprechen dem." Der Beamte schrieb etwas auf. Ohne den Kopf zu heben. „Haben Sie den Koran gelesen?" „Ja. Ich bin religiös, aber säkular denkend." „Können Sie uns versichern, dass Sie deutsches Recht über religiöse Gebote stellen?" „Das habe ich nie in Frage gestellt." „Aber können Sie es versichern?" „Ja."

Die Juristin nickte. Der Psychologe blieb ruhig. Dann folgte die letzte Frage. „Kennen Sie Zitate der Kanzlerin?" Mohamed blinzelte. „Einige, ja." „Nennen Sie eins." Er schluckte. „‚Multikulturalismus ist gescheitert. Wir holen uns unser Land zurück.'" „Finden Sie das gut?" Pause.

„Ich finde es beängstigend." Der Beamte schrieb wieder. Dann legte er den Stift zur Seite.

Zwischenszene: Sitzung im Bundeskanzleramt

Berlin, Bundeskanzleramt – Parallel dazu, wenige Tage zuvor

Kanzlerin Liebeschals betrat das Kabinettssitzungszimmer mit gewohntem Schritt: schnell, gerade, lautlos. Die Minister standen auf. Sie war nicht die Art von Kanzlerin, die Lächeln verteilte. Sie sprach wenig, aber mit Nachdruck. „Die Loyalitätsprüfungen verlaufen zögerlich", sagte sie. „Wir brauchen Tempo. Entweder diese Menschen bekennen sich – oder wir beenden die Debatte um Zugehörigkeit." Der Innenminister nickte. „Wir schieben derzeit

monatlich 12.000 Personen ab – offiziell freiwillig. Inoffiziell: wir drängen sie hinaus." Liebeschals faltete die Hände. „Wir nennen das ´Heimkehrhilfe. ´"
„Ja, Frau Kanzlerin."

Auf dem Tisch lagen Mappen mit Statistiken: Rückführungen, Lehrerentlassungen, Indexpresseeinträge. Sie griff sich eine. Auf der Vorderseite: „Evaluation kultureller Identität 2030".

Darin fett gedruckt: „Die Nation ist kein Ort der Vielfalt, sondern der Form." „Unser Ziel bleibt klar", sagte sie. „Ein deutsches Deutschland. Nicht feindlich, nur konsequent."

Eine besondere Aufmerksamkeit legte sich auf ein Dossier mit dem Titel „Erlassprotokoll aus dem Innenministerium – Dezember 2030" ein kühles wissendes Lächeln umspielte ihre Lippen und sie las:

Vertraulich. Nur für dienstlichen Gebrauch.

Betreff: Umsetzungspaket „Kulturelle Identität und Staatsstabilität"

Verteiler: Ministerien für Inneres, Justiz, Kultur, Medien, Bildung

1. Presse und Medienfreiheit

Erlass M-IV/47: „Nationale Verantwortung in der Berichterstattung"

- Alle journalistischen Inhalte mit Reichweite über 50.000 Leser und Leserinnen unterliegen ab sofort der staatlichen Inhaltsprüfungspflicht.
- Die Begriffe „Meinungspluralismus" und „systemische Kritik" werden im Pressegesetz gestrichen. Ersetzt durch „staatskonforme Medienstabilität".
- Ein „Medien-Wahrheitsausschuss" aus parteinahen Fachleuten prüft öffentlich-rechtliche und private Inhalte auf „zersetzerische Wirkung".
- Journalisten und Journalistinnen mit Migrationshintergrund oder „offenkundiger ideologischer Nähe zur globalistischen Linke" erhalten keine Akkreditierend mehr bei staatlichen Veranstaltungen.

Zitat Minister: „Pressefreiheit endet dort, wo das Vertrauen ins Volk untergraben wird."

2. Migration und Asylrecht

Maßnahmenpaket GRENZSCHILD 1.0

- Das Grundrecht auf Asyl wird durch „Schutz auf Zeit" ersetzt.
- Familiennachzug ist nur noch bei „deutsch kulturell kompatibler Herkunft" erlaubt.
- Menschen aus nicht-europäischen Herkunftsländern verlieren nach sechs Monaten ohne Beschäftigung ihren Aufenthaltstitel – auch mit Kindern.
- Die Bundespolizei erhält erweitertes Durchsuchungsrecht in Wohnungen von „kulturfremden Elementen" zwecks „Integritätskontrolle".

„Wer kommt, muss gehen können. Wer bleibt, muss sich anpassen. Bedingungslos."

3. LGBTQI+-Personen

Erlass G-N-12: „Ordnung der natürlichen Geschlechterverhältnisse"

- Alle staatlich geförderten Bildungsangebote zu „Geschlechtsidentität, Queerness und Transitionsfragen" werden mit sofortiger Wirkung eingestellt.

- Die Eintragung des Geschlechts im Pass darf nur nach biologisch-medizinischer Prüfung angepasst werden.
- Öffentlich sichtbare queere Symbole (z. B. Regenbogenflaggen) in staatlichen Gebäuden werden als „ideologische Verzerrung" eingestuft und untersagt.
- Gleichgeschlechtliche Paare werden aus dem Adoptionsrecht ausgeschlossen – rückwirkend.

Zitat Ausschussprotokoll: „Wir schützen nicht Lebensentwürfe – wir schützen das Volk."

4. Kulturförderung

Neuordnung der Kulturförderung gemäß „Heimatschutzkulturgesetz"

- Künstler und Künstlerinnen erhalten nur dann öffentliche Förderung, wenn ihr Werk „zur Stärkung des nationalen Erbes" beiträgt.
- Werke mit „linksliberaler, migrantischer oder dekadenter Ausdrucksform" werden aus der Förderung ausgeschlossen.
- Eine Liste „deutschtümlicher Kulturträger" wird erstellt – bevorzugt durch Landesmittel subventioniert.

„Deutsche Kultur ist nicht verhandelbar. Sie ist, was sie war – und wieder werden soll."

5. Justiz und Gerichte

Strukturgesetz zur „Stabilen Rechtsprechung"

- Sonderkammern für „Staatsgefährdung" entscheiden bei politischen Delikten – Urteile sind öffentlich, aber nicht anfechtbar.
- Richter und Richterinnen mit migrations- oder LGBTQI+-politischer Aktivität im Lebenslauf können dienstlich versetzt oder entlassen werden.
- Der Begriff „Rechtsstaatlichkeit" wird im Justizportal ersetzt durch „nationale Rechtssicherung".

Letzter Vermerk: „Abweichungen im Verwaltungsvollzug gelten als ideologische Missachtung der Regierungsverantwortung."

Zurück zu Mohamed

Nach zwei Stunden wurde Mohamed entlassen. Niemand sagte etwas zu ihm. Kein Urteil, kein Dank. Nur ein letztes Protokoll, das er unterschrieb. Als er draußen war, atmete er tief ein. Dann fuhr er nach Leipzig zurück. Still, leer, müde. Georg wartete in der Küche. „Und?" Mohamed schüttelte den Kopf. „Sie haben nichts gesagt. Aber ich weiß es. Ich habe nicht bestanden.

Kapitel 4: Dimitrios – Kein anderer Name

Geburt in Marl (1995)

Dimitrios wurde in einem kleinen Krankenhaus in Marl geboren, als der erste Schnee des Jahres fiel. Seine Eltern, Eleni und Andreas, waren 1975 als Gastarbeiter aus Thessaloniki gekommen, geblieben – und dann unsichtbar geworden. Er sprach zuerst Griechisch – aus der Küche. Und dann Deutsch – auf dem Hof.

In der Schule sagte man: „Er ist höflich, aber laut." In der Kirche sagten sie: „Er ist deutsch geworden."

Er selbst dachte nie darüber nach, ob er Grieche oder Deutscher sei. Er war einfach Dimitrios. Bis man ihn fragte: „Wie lange bleibst du noch?"

Jugend im Ruhrgebiet (2009–2014)

Dimitrios war der erste seiner Familie, der das Gymnasium besuchte. Er liebte Geschichte. Besonders die Kapitel über Widerstand. Sein Lieblingssatz: „Ich hätte nein gesagt." Später verstand er, wie naiv das war.

Er wurde Fußballtrainer für C-Jugendliche. Studierte Soziale Arbeit in Essen. Arbeitete in einem Jugendzentrum für benachteiligte Jugendliche – viele davon mit Fluchterfahrung. Er war beliebt. Engagiert. Unauffällig sichtbar. Bis zur Wahl 2029. Dann wurde „Herkunft" wieder ein Wort mit Zähnen.

Der Moment, an dem es kippte (Februar 2029)

Es begann mit dem neuen Formular. Einfach nur eine Statistik: „Erhebung von Migrationshintergrund im öffentlichen Dienst." Dimitrios kreuzte „deutsch-griechisch" an. Sein Kollege sagte leise: „Wäre besser gewesen, du hättest gar nichts angekreuzt."

Wenige Wochen später wurde er „versetzt zur Entlastung der Integritätsstruktur". Die neue Leitung sagte: „Du bist ja eigentlich in Ordnung. Aber wir haben Vorgaben."

Begegnung mit Leila (März 2029)

Er traf Leila auf einem Seminar für freie Träger. Thema: „Demokratiearbeit unter Druck" Leila sprach klar. Dimitrios fragte nach. „Was machen wir, wenn wir verlieren?" „Dann erzählen wir. Damit sie nicht gewinnen."

Sie tranken Kaffee. Tauschten Nummern. Später schrieb sie ihm: „Du bist nicht allein. Auch wenn sie es wollen."

Eintrag im Register (Mai 2029)

Ein neuer Erlass regelte, wer „deutschkulturell zuverlässig" sei. Dimitrios stand auf einer Liste als „Kontrollperson mit erweiterten biografischen Parametern". Er wurde aus dem Jugendzentrum entfernt. Man warf ihm vor, „Unverhältnismäßige Nähe zu nicht-integrierten Jugendlichen" zu haben.

Als er sich wehrte, wurde ein Disziplinarverfahren eingeleitet. Wegen „Systemkritik in einem gesamtgesellschaftlichen Transformationsprozess."

Er lachte. Dann nicht mehr.

Versteck bei Georg (Sommer 2029)

Dimitrios tauchte unter. Georg versteckte ihn in einem Schrebergarten am Stadtrand. Die Hütte roch nach feuchtem Holz, aber sie war sicher. Mohamed brachte Lebensmittel. Leila schickte Bücher. Georg sagte: „Du hast alles richtiggemacht." Dimitrios: „Dann ist es schlimmer, als ich dachte."

Verhaftung (Herbst 2029)

Bei einer nächtlichen Razzia wurde Dimitrios festgenommen. Anklage: „staatszersetzende Sozialpädagogik" und „Gefährdung kultureller Integrität".

Im Protokoll stand: „Subtile Einflussnahme durch Begriffsverwendung wie Vielfalt, Respekt, Gleichwertigkeit."

Er kam in ein Arbeitsinternierungslager bei Cottbus. Kein Urteil. Keine Besuchserlaubnis. Nur ein Nummernschild: 613–Δ

Kapitel 5: Jule & Mina – Lichtstreifen

Kennenlernen – Die Bibliothek (Frühjahr 2030)

Jule ordnete Bücher in einer bereits vergessenen Universitätsbibliothek in Leipzig. Nach der Machtergreifung war ihr Studiengang „Kultur & Gender" gestrichen worden – aus dem Vorlesungsverzeichnis, aus den Köpfen, aus den Lebensläufen.

Mina trat ein, auf der Suche nach Theaterliteratur. Das Leipziger Freie Ensemble war aufgelöst worden, offiziell wegen „Dekadenz". Inoffiziell, weil Mina und zwei weitere Darstellerinnen auf der Bühne einmal Hand in Hand standen – eine Regenbogenfahne im Bühnenbild. Es war der letzte Vorhang.

Sie griffen gleichzeitig nach dem Buch: „Wider die Norm – Queere Biografien in Diktaturen". Ihre Finger berührten sich. Ein Blick. Ein Lächeln. Eine Frage: „Darf ich dich auf einen Tee einladen, bevor sie auch das verbieten?"

Liebe – Leise Tage (Sommer 2030)

Sie lebten vorsichtig – aber nicht heimlich. Sie lasen einander Gedichte vor, kannten ihre Atemrhythmen, die stillen Gesten, mit denen man sagt: Ich bleibe. Jule nannte Mina ihre „Feuerstelle". Mina nannte Jule ihre „Zweige im Wind". Sie schrieben sich kleine Zettel: „Wenn die Welt kalt wird, trag ich dich in meiner Jackentasche."

Sie küssten sich auf Dachböden, zwischen alten Vorhangstoffen, im Lager der Stadtbücherei. Immer so, als könnte es das letzte Mal sein.

Aufbruch – Meldung, Vorladung, Stille (Herbst 2030)

Ein Nachbar meldete sie. Die Wohnung war zu klein für zwei „Freundinnen", hieß es. Wenig später: ein Brief mit Stempel, keine Erklärung, nur eine Vorladung zur „Prüfung sittlicher Lebensführung".

Jule wurde suspendiert. Mina erhielt kein Visum für das Förderprogramm „Kulturerbe Deutsch". Sie standen nachts auf dem Balkon. Jule weinte nicht. Mina auch nicht.

Nur der Mond fiel auf das leere Fenster gegenüber – in dem sie einmal gesehen worden waren.

Widerstand – Die Flugblätter (Frühjahr 2031)

Georg begegnete Mina zum ersten Mal in einem Keller. Sie druckten Flugblätter mit dem Satz: „Sichtbarkeit ist Widerstand." Georg brachte Papier. Mina brachte Worte. Georg: „Warum riskiert ihr alles?" Mina: „Weil man uns sonst alles nimmt." Georg: „Wollt ihr weg?" Mina: „Noch nicht. Jule sagt, solange einer bleibt, bleibt auch die Hoffnung."

Trennung – Das Schweigen nach der Festnahme (Oktober 2031)

Mina wurde festgenommen. Jule wartete. Dann kam die Mitteilung: „Verwahrungsmaßnahme nach § 19 (Staatszersetzung) – kein Besuch gestattet." Drei Wochen später floh Jule mit Hilfe einer befreundeten Pfarrerin über Prag nach Brüssel. Sie trug nur einen Rucksack. Und ein Foto von Mina mit der Aufschrift. „Wenn ich dich nicht sehe, denke ich dich heller."

Kapitel 6: Die Verordnung 88/30 – „Zur Bewahrung der nationalkulturellen Wirtschaft"
Bundeskanzleramt, Juli 2030

„Deutsch bleibt deutsch. Auch in der Arbeit."

– Staatssekretär Friedrich U. (NAF), April 2030

Die Verordnung Nr. 88/30 – „Nationale Beschäftigungsstruktur" wird erlassen

Eingeführt durch das Bundesministerium für Wirtschaft, Arbeit und Ordnung – gültig ab 01.07.2029 (Auszüge)

§1 Grundsatz

(1) Unternehmen im Staatsgebiet der Bundesrepublik Deutschland sind verpflichtet, sicherzustellen, dass mindestens 90 % der Beschäftigten eindeutig deutscher Herkunft im Sinne des Abstammungsgesetzes sind.

§2 Ausschluss bestimmter Beschäftigungsgruppen

(1) Personen mit nicht-europäischer Herkunft, Doppelstaatsangehörigkeit oder dokumentiertem Migrationshintergrund dürfen in sicherheits-, bildungs-, gesundheits- und verwaltungsrelevanten Berufen nicht beschäftigt werden.

(2) Gewerbliche Betriebe mit mehr als 15 % „nicht-biologisch-deutscher" Beschäftigung verlieren ihren Anspruch auf Fördermittel, öffentliche Aufträge und Steuervergünstigungen.

§3 Übergangsregelung

(1) Bestehende Arbeitsverhältnisse mit „nicht-deutscher Wurzel" sind innerhalb von 6 Monaten in rechtssicherer

Weise zu beenden oder durch „volkstaugliche Nachbesetzungen" zu ersetzen.

(2) Eine „wirtschaftsstrukturierende Volksberatungskommission" begleitet die Umsetzung.

Die Folgen der Verordnung – Eine realistische Einschätzung

1. Zusammenbruch ganzer Branchen

Im Herbst 2030 titelte das regimekritische Exilblatt „Stimme Europa":

„Deutschland – ein Land ohne Hände."

Die sofortigen Auswirkungen der Verordnung zeigten sich brutal:

Pflegeheime verloren bis zu 45 % ihrer Pflegekräfte – viele davon aus Polen, Rumänien, der Türkei.

Bäckereien, Gastronomie, Speditionen und Handwerk mussten schließen oder drosseln – der Ersatz durch „deutschstämmige Bewerber und Bewerberinnen" blieb aus.

IT-Branche und medizinische Forschung meldeten einen rapiden Abfluss von Fachkräften – besonders mit indischem, arabischem oder osteuropäischem Hintergrund.

Ein Insiderbericht des Bundesamts für Arbeit (unter der Hand an Mohamed übermittelt) erklärte: „Die nationale Wirtschaft kollabiert in der Wirklichkeit, während das Ministerium weiter Erfolgsmeldungen druckt."

2. Schwarzmärkte und informelle Strukturen

Viele Unternehmen gingen ins „informelle System":

Gastarbeiter und Gastarbeiterinnen wurden illegal weiter beschäftigt – ohne Sozialversicherung, ohne Schutz, oft in sklavenähnlichen Verhältnissen.

Kontrollen durch die sogenannte „Kulturelle Arbeitsaufsicht" führten zu Hausdurchsuchungen, Repression, und Einschüchterung ganzer Familien.

3. Staatspropaganda als Schutzschild

Die offiziellen Nachrichten meldeten: „Deutschland auf dem Weg zur ethnisch stabilen Volkswirtschaft – ein Erfolg des neuen Arbeitsstolzes."

Währenddessen erschienen an Bahnhöfen und Marktplätzen neue Plakate: „Arbeit dem Volk. Fremdes raus."

4. Georgs Beobachtung – Aus dem Tagebuch

„Ich ging heute durch die Innenstadt. Drei Bäckereien geschlossen. Im Krankenhaus ein Schild: ›Wegen Personalmangel Notaufnahme geschlossen.‹ Und auf der Bank gegenüber saß Dimitrios' Vater. Den Blick leer. Die Hände im Schoß. Als hätte man ihm sein ganzes Leben abgestellt."

5. Leilas Kommentar in einem Untergrundpodcast

„Sie wollten, dass wir gehen. Jetzt fehlt ihnen nicht nur unsere Arbeit. Sondern unsere Menschlichkeit. Deutschland war nie so deutsch wie in diesem Untergang."

6. Prognose (internationale Reaktion)

Ein EU-Bericht aus 2030, zitiert in Brüssel: „Die Bundesrepublik hat in einem Jahr 1,2 Millionen Fachkräfte aus strukturellen Schlüsselbereichen verloren.

Ihr wirtschaftlicher Schaden beläuft sich auf geschätzte 350 Milliarden Euro bis 2030." „Die deutsche Wirtschaft ist nicht deutsch. Sie ist global. Und sie ist gegangen."

Kapitel 7: Das leere Regal

„Sie sagten: Deutschland zuerst. Aber bald war Deutschland zuletzt – in den Regalen, in den Bilanzen, im Vertrauen."

– Notiz aus Georgs Tagebuch, März 2030

Anfangs boomte das Pathos

Nach der Machtübernahme 2029 feierte sich die neue Regierung für „wirtschaftliche Selbstbehauptung". Mit Slogans wie „Deutsch gekauft, deutsch gebaut, deutsch geschützt" wurde der Binnenmarkt abgeschirmt, internationale Handelsverträge gekündigt, Arbeitsmigration unterbunden.

Plakate zeigten Brot, Kinder, Stahl – alles in Schwarz-Rot-Gold. Manche glaubten: „Endlich kümmern sie sich um uns." Aber bald kam das erste Zittern.

Die Märkte reagierten – mit Entzug

Internationale Firmen zogen sich zurück: Google, Ikea, Pfizer, Bosch-Bereiche, SAP-Niederlassungen in kritischen Projekten, Lieferketten brachen: keine Ersatzteile, keine Elektronik, keine medizinischen

Komponenten, Exporte stürzten ab – nicht wegen Sanktionen, sondern wegen boykottierender Märkte. „Kein Vertrauen, kein Vertrag.", sagte ein dänischer Logistikvorstand im Frühjahr 2029.

Die Bundesregierung erklärte: „Wir werden autark."

Doch im Einzelhandel sprachen andere Worte: „Vorübergehend geschlossen." „Nicht lieferbar." „Wir bitten um Verständnis."

Die Bevölkerung zahlt doppelt

Preise für Grundnahrungsmittel stiegen um bis zu 300 %.

Strom wurde rationiert.

Medikamente für chronisch Kranke fehlten – vor allem Insulin, Krebspräparate, HIV-Medikamente.

Ein Vater in Bielefeld sagte in einer Untergrundaufzeichnung: „Meine Tochter braucht ein Asthmaspray. Früher ging ich in die Apotheke. Heute fahre ich 200 km ins Grenzgebiet – und hoffe."

Der Schwarzmarkt blühte – und brannte

Während die Regierung versuchte, eine „Heimat-
wirtschaft" zu inszenieren, entstanden: Schwarz-
märkte für Medikamente und Technik, Tauschsys-
teme in Vorstädten und ländlichen Regionen,
illegale Lieferketten für alles, was „nicht-deutsch"
war: Bananen, Soja, Jeans, Zahnersatz, Neue soziale
Kluft: Diejenigen mit Auslandskontakten überleb-
ten besser. Die Armen starben leise.

Kleinhandel kaputt – große Betriebe gleichge-
schaltet

Viele kleine Läden – oft von migrantischen Familien
geführt – wurden zwangsweise geschlossen oder
unter das sogenannte „Volkseignungsgesetz" gestellt. Große Konzerne mussten sich „entweder bekennen oder aufgeben": Entweder Aufnahme in
das Nationale Handelsregister (mit Loyalitätsprüfung) oder vollständiger Rückzug.

Der Einzelhandel verödete. Städte wurden grau. In-
nenstädte verloren nicht nur Umsatz – sondern
Stimme.

Der Alltag der Menschen – reduziert

„Wir stehen wieder Schlange."

– Mohamed, Juni 2030

Die Menschen lernten: Seife zu strecken, Brot zu teilen, zu sparen, auch wenn es nichts zu kaufen gab, mit leeren Kühlschränken zu schweigen

Feiern wurden leiser. Geburtstage: ohne Torte. Weihnachten: ohne Lichter. „Es war nicht der Hunger.

Es war das Gefühl, dass wir nicht mehr genug waren, um satt zu werden." – Leila

Ein Beispiel aus dem Alltag – Erzählung von Yasmin, 43, Supermarktleiterin

„Ich hatte einen kleinen Laden. Mein Vater hat ihn aufgebaut. 2025 kamen sie – erst mit Fragen, dann mit Papieren. Ich sei 'nicht identitätskonform'. Ich habe keine Tochter – ich habe eine Frau. Und ich bin Tunesierin. Sie haben uns das Kühlhaus zugeschweißt. Danach kamen nur noch Kunden mit zitternder Stimme. Manche heimlich. Manche gar nicht mehr."

Am Ende: ein Land voller Kassen, aber ohne Einkauf

Bis 2030 war die offizielle Inflation über 46 %. Der Euro wurde zwar behalten – aber die Preise waren fiktiv. Staatliche Preisbindung auf Grundnahrungsmittel scheiterte – weil es sie schlicht nicht mehr gab.

„Sie haben uns unsere Läden genommen. Dann unsere Produkte. Dann unsere Sprache."

– Graffiti in einem verlassenen Kaufland bei Magdeburg, entdeckt 2032

DIE VOLKSWIRTSCHAFT VERHUNGERT

Wirtschaft im freien Fall – Das stille Sterben des Handels

Von: Lara Demir – Redaktion „Freies Blatt Europa" (Ausgabe April 2030 – Exilpresse Amsterdam)

Berlin/Leipzig.

Zwei Jahre nach Inkrafttreten der Verordnung 88/30 („Beschäftigungs- und Herkunftsschutzgesetz") ist die deutsche Volkswirtschaft am Kipppunkt. Während sich die Regierung in Berlin weiterhin mit Durchhalteparolen und regimetreuen Statistiken stabilisiert, berichten Un-

---

ternehmen, Bürgern und Hilfsorganisationen vom totalen wirtschaftlichen Absturz – vergleichbar nur mit den letzten Kriegsjahren der 1940er.

"Ich kann kein Brot mehr kaufen, aber ich darf es loben"

In Leipzig stehen Menschen bis zu drei Stunden an, um Eier zu bekommen – falls es welche gibt. Die neue „Nationale Versorgungskarte" teilt Haushalte in drei Kategorien: „bewährt", „toleriert", „verifiziert deutsch". Die Zuteilungen variieren – nicht nach Bedürftigkeit, sondern nach Abstammung und Loyalität.

Zitat einer anonymen Bäckerin aus Halle: „Ich darf nicht mehr verkaufen, wem ich will. Ich darf nur, wem das Amt es sagt."

Apotheken ohne Medikamente – Ärzte ohne Zugriff

Ein interner Bericht des Gesundheitsbundes – geleakt über den Widerstandskanal „Funk der freien Stimmen" – zeigt:

64 % der Krebspatienten und Krebspatientinnen erhalten keine adäquate Versorgung mehr

38 % der Hausarztpraxen arbeiten mit abgelaufenen Antibiotika

Insulin ist „nur noch für staatsdienende Bevölkerungseinheiten" verfügbar

„Ich habe meiner Mutter Morphium aus Polen geschmuggelt. Sie ist 87. Aber nicht systemrelevant."

– Mohamed A., Untergrundaktivist

Innenstädte verwaist – Einzelhandel tot

Was einst lebendige Einkaufsstraßen waren, ist heute trostlos.

In München, Dortmund, Jena: 7 von 10 Geschäften geschlossen, Supermärkte verstaatlicht und reglementiert, Preise steigen wöchentlich

Läden mit migrantischen Inhabern wurden systematisch entzogen. Begründung: „volkswirtschaftlicher Schutzraum".

Export: Zusammenbruch auf Raten

Das ehemalige Exportland Deutschland – einst viertgrößte Volkswirtschaft der Welt – wurde wirtschaftlich isoliert:

- Maschinenbau: –78 %

- Automobilindustrie: –65 %

- Pharmazie: –93 %

Die Welt kauft nicht von Nationalisten. Eine Handelsdiplomatin der Niederlande äußerte: „Deutschland hat sich selbst abgeschnitten. Jetzt trocknet es aus."

Industrie: Entweder gelobt – oder geschlossen

Nur wer sich öffentlich zur Regierung bekennt, darf weiterproduzieren. Großunternehmen wie die Deutsche WerkVita GmbH mussten Werbespots mit der Botschaft senden:

„100 % deutsch – 100 % loyal"

Andere Unternehmen wählten den Rückzug, die Insolvenz – oder den Widerstand. In Bremen sabotierten Arbeiter still die Produktionslinien von Waffenexporten, die nun vermehrt nach Russland und Ungarn gehen.

Der Schwarzmarkt ersetzt das System

Aus dem Nichts entstanden: illegale Bauernmärkte, Medikamentennetzwerke, digitale Gütertauschbörsen im Untergrund

Das Regime bekämpft diese mit der „Wirtschafts-schutzbrigade" – einer paramilitärischen Taskforce mit weitreichenden Durchsuchungsrechten.

Ein Zitat als Symbol der Zeit

„Ich habe einen neuen Kühlschrank.

Aber nichts, was ich hineintun kann.

Nur Papier. Und Angst."

– Rentnerin E.S., Erfurt

Resümee: Ein Land verwaltet seine Schwäche

Deutschland 2030 ist kein wirtschaftlich armes Land. Aber es ist ein verarmtes Land – aus Überzeugung, aus Repression, aus Ideologie. Wo einst Wertschöpfung war, ist jetzt Propaganda. Wo einst Weltoffenheit war, ist jetzt Isolation. Und wo einst der Mensch zählte, zählt nun seine Herkunft – und sein Schweigen.

Kapitel 8: Hannahs Archiv

Leipzig, Februar 2031

Hannah Levi lebte in einem unscheinbaren Haus mit zerbröckeltem Stuck, nicht weit vom Clara-Zetkin-Park entfernt. Sie war 58, verwitwet, Musiklehrerin – oder, wie es jetzt hieß: „ehemalige Fachkraft mit Erziehungshemmnis". Ihr Unterricht war im Oktober 2029 von der Schulaufsicht überprüft worden, nachdem ein Schüler gemeldet hatte, dass sie „veraltete und zersetzende Musik" spielte: eine Komposition von Kurt Weill. Zwei Tage später war sie suspendiert worden.

Seitdem schrieb sie – jeden Tag. Namen, Geschichten, Lieder, Zitate. Und sie versteckte. In den Mauerritzen ihres Kellers, in Büchern, unter der Kirchenbank eines Freundes. Sie nannte es ihr „Archiv des Menschlichen".

Rückblende: Ein neuer Erlass

Drei Monate nach der Regierungsübernahme hatte Kanzlerin Liebeschals ein neues Maßnahmenpaket vorgestellt: das „Kulturelle Ordnungs- und Schutzgesetz" (KOSG).

Öffentliche Schulen durften nur noch „deutsche, identitätsfördernde" Inhalte lehren. Literatur jüdischer, migrantischer oder „entfremdeter" Herkunft wurde aus Schulbüchern entfernt.

Das Ministerium für Kulturpflege – ein neu geschaffener Apparat unter Leitung des Hardliners Benedikt Todenhöfer – erklärte:

„Unser Ziel ist es, das Bewusstsein für unsere kulturelle Identität zu stärken. Deutschland hat in der Vergangenheit zu lange unter kultureller Schwäche gelitten. Wir setzen ein Ende der Dekadenz."

Mit dem Gesetz kamen Listen. Schwarze Listen. Hannahs Name stand auf der Liste 3b: „Ehemals staatsloyale Kräfte mit latenter Systemkritik."

Jetzt

Als Georg und Mohamed zum ersten Mal Hannahs Haus betraten, fiel ihnen sofort der Geruch von Papier auf. Trocken, alt, schwer. Überall lagen Bücher: Mascha Kaléko, Heine, Ödön von Horváth, Canetti. Werke, die aus den öffentlichen Bibliotheken verschwunden waren.

„Ich dachte, ihr müsst es sehen, bevor es wieder verschwindet", sagte Hannah ruhig. „Was meinst du mit wieder?" „Diese Stadt hat schon einmal ihre Bücher verloren. Und ihre Menschen." Sie führte die beiden in den Keller. Zwischen Holzbalken und alten Notenständern lagen Bündel mit aufgeschriebenen Schüleraussagen. „Einige meiner Kinder haben sich erinnert. Was wir gelesen haben. Was sie empfunden haben. Ich habe sie gebeten, es zu schreiben. In ihren Worten."

Georg las eine Zeile, geschrieben von einer Fünftklässlerin:

„Ich habe gelernt, dass Musik erzählen kann, wie ein Herz klingt, wenn es Angst hat."

Mohamed stand vor einem Regal mit Tonbändern. „Was ist das?" „Tonaufnahmen. Gespräche. Gedanken. Briefe von Eltern, die gegangen sind. Manche sagen, wir dürfen das nicht Dokument nennen. Aber das hier – das ist Erinnerung. Und Erinnerung ist Widerstand."

Ein Gespräch über Kanzlerin Liebeschals

Am Abend saßen die drei in der Küche. Hannah goss Tee ein, Georg sah auf das Radio, das ausgeschaltet war – seit Wochen. Die staatlichen Programme klangen alle gleich: Fanfaren, Reden, Wiederholungen.

„Was denkt ihr, wie lange sie das halten können?" Hannah lachte leise. „Diese Form? Noch Jahre. Sie machen es legal. Sie nennen es Schutz, Sicherheit, Identität. Und die Leute glauben, dass es sie schützt – dabei macht es sie klein."

Mohamed sah in seine Tasse. „Sie behandeln uns wie Gäste in einem Haus, das wir mitgebaut haben. Und wenn du dich beschwerst, sagen sie: Du warst nie eingeladen."

Hannah nickte. „Ich war auch einmal nicht eingeladen. 1943. Mein Vater hat als Kind überlebt, weil eine Frau ihn in einem Klavierkasten versteckt hat. Wisst ihr, was er mir gesagt hat?"

Die beiden schüttelten den Kopf. „'Wenn sie wieder marschieren, dann singen sie zuerst.'"

Kulturelle Kontrolle – Gesetzlicher Hintergrund

Die NAF-Regierung hatte in zwei Jahren ein engmaschiges Kontrollsystem aufgebaut.

Ein Auszug:

KOSG §3.2: „Musikalische und literarische Werke müssen der deutschen Kulturidentität entsprechen. Fremdsprachige Texte sind nur in genehmigter Übersetzung zulässig."

G-NOKI §5.1: „Staatszugehörigkeit kann bei kultureller Entfremdung auf Zeit ausgesetzt werden."

Bildungssicherheitsgesetz §12: „Schulen unterliegen der Pflicht zur politischen Übereinstimmung mit der Verfassungsidentität gemäß Regierungsleitlinie 27/26."

Das war der Trick: Nicht mit Gewalt, sondern mit Formularen, mit Sprache, mit Paragraphen.

Am Ende des Abends

Mohamed stellte eine letzte Frage: „Warum tust du das alles, Hannah? Warum riskierst du so viel?" Sie stand auf, nahm ein kleines, abgegriffenes Foto vom Fensterbrett und hielt es hoch. Zwei Kinder. Eines war sie selbst. Das andere war ihr Bruder – ermordet 1944 in einem Wald bei Kaunas. „Weil es nie wieder passieren sollte. Und es wieder passiert. Leise. Und ich kann nicht schweigen."

Kapitel 9: Die kalte Ordnung

Leipzig, März 2031

Der Brief kam per Boten. Keine Post, keine E-Mail. Ein junger Mann in Uniform – nicht Polizei, nicht Bundeswehr, aber etwas dazwischen – reichte Mohamed das Kuvert mit ausgestrecktem Arm.

„Verfügung gemäß §7b G-NOKI – Aufforderung zur freiwilligen Heimkehr gemäß Remigrationsprogramm 3/2029.“

„Herr Mohamed Khalidi, im Rahmen der Schutzmaßnahmen zum Erhalt der nationalen Kulturidentität wurde festgestellt, dass Ihre Loyalität zur freiheitlich-deutschen Leitkultur nicht in ausreichendem Maße vorliegt. Sie haben innerhalb von 14 Tagen die Möglichkeit, sich für eine freiwillige Ausreise zu entscheiden. Andernfalls behalten sich die Behörden einen geordneten Vollzug vor.“

Mohamed las die Zeilen drei Mal. Kein Vorwurf, kein Hass, nur Verwaltungsdeutsch. Die Worte waren so kühl wie das Papier, auf dem sie standen.

Er saß stundenlang am Küchentisch. Georg kam erst spät. „Was ist das?“ Mohamed reichte ihm den Brief wortlos. Georg las. Dann fluchte leise. „Und was heißt das jetzt?" „Es heißt: Ich soll verschwinden." „Und wenn du nicht gehst?" „Dann holen sie mich. Vielleicht morgen. Vielleicht in einem Monat."

Mohamed lächelte bitter. „Es ist wie ein schleichender Tod in Raten."

Berlin – Zur gleichen Zeit

Bundeskanzleramt, Büro der Kanzlerin

Die Sonne stand tief über dem Kanzleramt. Adelheit W. Liebeschals blickte nicht hinaus. Ihr Blick galt den Papieren auf dem Tisch. Dossiers, Tabellen, Medienanalysen. Ihre Finger strichen über die Kante eines neuen Strategiepapiers: „Ordnung 2035 – Der Kulturstaat der Zukunft".

Der Raum war still. Nur die Uhr tickte. Dann trat Felix Marth, ihr wichtigster politischer Berater, ein – ein Mann mit glatter Stirn und der Stimme eines Juristen. „Frau Kanzlerin, das Wochenbriefing." Liebeschals nickte knapp. Er begann:

„Programm 3/2029 läuft. Über 42.000 Remigrationsangebote wurden verschickt. Rund ein Drittel hat sich zur freiwilligen Ausreise entschieden."

„Medienresonanz ist gemäß Erwartung. Die Abendnachrichten konzentrieren sich auf den wirtschaftlichen Aufschwung. Das Narrativ ‚Heimkehr statt Sozialstaat' greift."

„In Leipzig gab es einen Zwischenfall – ein Lehrer hat eine illegale Lesung geplant. Wird beobachtet."

„Name?" „Georg Reimann. 39. Deutsch. Keine Familie, aber hoher Einfluss im städtischen Bildungsnetz." Liebeschals nickte. „Noch nicht eingreifen. Solche Leute brechen früher, wenn man sie ignoriert. Relevanz entzieht sich durch Kälte." Sie stand auf, trat zum Fenster, das auf die Spree blickte. „Herr Marth, wie nennen wir es öffentlich?" „Freiwillige Heimkehr. Menschlich, vernünftig, völkerrechtlich sauber." „Gut. Und die Opposition?" „Zersplittert. Teile der Linken fordern Gespräche, aber deren Basis ist verängstigt. Die Grünen sind mit sich selbst beschäftigt." „Und die Medien?" „Unsere. Die anderen… arbeiten mit angezogener Handbremse. Wir haben ihre Eigentümerstruktur durch das Pressekooperationsgesetz geregelt."

Liebeschals drehte sich um. Ihre Stimme war ruhig. „Das Entscheidende ist, dass es sich nicht wie Gewalt anfühlt. Die Demokratie muss sich selbst bestätigen – auch, wenn sie es nicht mehr ist." Marth nickte. „Das tut sie. Die Menschen wollen Ordnung. Nicht Wahrheit."

Zurück in Leipzig

Mohamed und Georg standen nachts auf dem alten Schulhof. „Wir lesen trotzdem", sagte Georg. „Egal was passiert." „Du willst wirklich die Lesung machen?" „Nicht öffentlich. Aber laut genug, dass man es hört. Dass irgendjemand merkt: Wir sind noch da." Mohamed trat ans Fenster der alten Musikklasse. Er konnte Hannahs Stimme im Kopf hören: „Erinnerung ist Widerstand."

„Ich habe keine Angst mehr", sagte er. „Nur noch Wut." „Wut ist gut", sagte Georg. „Wut brennt. Und wenn wir Glück haben – wärmt sie jemanden." Sie begannen, die Bücher aus Hannahs Archiv zu ordnen. Jedes Blatt, jede Zeile, jeder Vers war ein Akt der Gegenwehr.

Kapitel 10: Die Lesung

Leipzig, ein Freitagabend im März 2031

Der Strom war vorsorglich ausgeschaltet. Nicht im ganzen Viertel – nur in jenem vergessenen Hinterhof, wo sich das alte „Theater im Turm" versteckte. Staub lag auf den Samtsesseln, doch die Bühne war frei. In der Mitte stand ein Stuhl, eine Stehlampe – batteriebetrieben –, daneben ein altes Klavier.

Georg stand hinter dem Vorhang, die Hände zitterten leicht. Mohamed prüfte die Notizen. Hannah saß schon an den Tasten. Ihr Blick war still, gefasst – fast heiter. „Wenn sie uns erwischen?", fragte Mohamed. „Dann haben sie Angst. Und das ist ein gutes Zeichen."

Draußen warteten knapp 40 Menschen. Keine Werbung, nur Mundpropaganda. Alte Bekannte, ehemalige Schüler, zwei Nonnen, ein stiller Pfarrer. Und drei Jugendliche, die sich gegenseitig Mut zuschoben. Um 20:03 begann die Lesung:

Der erste Satz

Georg trat auf die Bühne. Keine Ansprache, kein Willkommen. Er schlug das erste Buch auf.

„Denke ich an Deutschland in der Nacht,

so bin ich um den Schlaf gebracht."

(Heinrich Heine)

Die Stimme war leise. Doch der Raum hörte zu. Er las weiter – über Zweifel, Exil, das Verlorene. Dann übergab er an Hannah.

Die Musik

Sie spielte Schumann, dann Weill, schließlich eine eigene Improvisation. Zärtlich, fragil, trotzig. Am Ende spielte sie ein altes jüdisches Wiegenlied. Niemand sang mit – aus Ehrfurcht.

Mohameds Geschichte

Er trat ans Mikrofon. Kein Manuskript. Nur Worte.

„Ich bin hier geboren. In Gießen. Ich habe gelernt, dass Heimat ein Wort ist, das in alle Richtungen zeigt. Als Kind war ich unsichtbar. Später war ich nützlich. Heute bin ich ein Problem. Ein Fremder. Ein Remigrationsfall. Ich habe keine andere Heimat. Ich habe nur diese Sprache. Diese Freunde. Diese Erinnerungen. Und ich werde nicht freiwillig gehen."

Stille. Dann Applaus. Nicht laut. Aber warm. Echtes Klatschen – menschlich, nicht organisiert.

Draußen: Ein Schatten

Ein Mann im Mantel, unauffällig, doch wachsam, sah zu. Kein Polizist. Kein Zivilbeamter. Ein sogenannter "Beobachter für öffentliche Ordnungs-treue" – ein neuer Beruf, geboren aus dem "Kulturellen Integritätsschutzgesetz".

Er tippte in sein Handy:

„Illegale Zusammenkunft. ca. 40 Pers. Thema nicht-konforme Kultur. Prüfung empfohlen."

Berlin, Kanzleramt – gleiche Zeit

Felix Marth stand vor dem neuen Gesetzesentwurf:

„Zentralregister für kulturelle Unzuverlässigkeit (ZKU)"

§1: Personen, die aktiv an der Verbreitung nicht-konformer Inhalte teilnehmen oder diese fördern, werden registriert.

§2: Das Register dient ausschließlich der Vorsorge und dem Schutz der demokratisch-nationalen Identität.

§3: Die Erfassung erfolgt automatisiert über Einträge, Hinweise oder mediale Auswertung.

Adelheit W. Liebeschals unterschrieb mit einem goldenen Füller. Dann sagte sie: „Widerstand beginnt nicht mit Gewehren. Sondern mit Versen. Darum müssen Verse zuerst verschwinden." Marth nickte. „Wir sind vorbereitet."

Nachspiel der Lesung

Drei Tage später wurde Georg vom Bildungssystem „endgültig freigestellt".

Hannah erhielt einen anonymen Hinweis: „Ihr Name wurde dem Amt für Integritätsprüfung gemeldet."

Mohamed... wartete. Der angekündigte „Vollzug der Remigration" kam nicht, noch nicht. Aber nachts sah er häufiger denselben grauen Wagen vor dem Haus. Motor aus, Lichter aus, nur die Präsenz.

Kapitel 11: Mina Keller

Berlin, April 2031

Der Wind war mild an diesem Morgen, aber Mina fröstelte dennoch, als sie die Tür zur alten Bibliothek in der Georgenstraße öffnete. Ihr Unterschlupf lag im hintersten Archiv, Raum 3.4, dort, wo verstaubte Mikrofilme und Zettelkataloge die Zeit überlebt hatten. Kein WLAN. Keine Kameras.

„Was nicht verbunden ist, kann nicht überwacht werden", hatte ihr Kontaktmann gesagt. Und sie hielt sich daran.

Mina Keller war 29. Früher freie Journalistin bei einer überregionalen Tageszeitung, heute unter Beobachtung des „Amts zur Wahrung der öffentlichen Kommunikation", kurz AWÖK. Ihr letzter veröffentlichter Artikel – ein Porträt über eine Roma-Familie, die nach Kroatien abgeschoben worden war – hatte ihr die Sperre gebracht: Berufsverbot, digitale Kontensperrung, „zivilrechtliche Verwarnung".

Sie schrieb trotzdem weiter. Versteckt, verschlüsselt, in fragmentierten Dateien, die sie auf alten USB-Sticks lagerte.

Sie nannte ihre Sammlung: „Schattenprotokolle – Rückkehr einer Sprache."

Die Parallelen

Mina hatte Geschichte studiert. Ihr Großvater war Jude, hatte Theresienstadt überlebt. Sein Schweigen war das, was sie zur Sprache getrieben hatte. Und jetzt, im Jahr 2027, sah sie dieselben Muster wie in den Quellen ihres Studiums:

Sprachwandel:

Damals: „Schutzhaft", „Endlösung".

Heute: „Remigration", „Integritätsprüfung", „Kulturelle Korrekturmaßnahmen".

Gesetze statt Gewalt:

Damals: Reichsbürgergesetz, Nürnberger Rassengesetze.

Heute: G-NOKI, ZKU, KOSG – alle juristisch, alle demokratisch beschlossen.

Öffentliche Lüge als Norm:

Damals: „Wir schaffen Ordnung."

Heute: „Wir schützen die Heimat."

Sie hatte eine Tabelle erstellt, in der sie offizielle Begriffe mit historischen Äquivalenten verglich. Es war keine Gleichsetzung – sondern eine Wiederholung in anderer Form.

Die Kontaktaufnahme

In einer verschlüsselten Chatgruppe für „Archivierende" war ein neuer Name aufgetaucht:

„Leipzig_Licht13"

Ein Nutzer, der Gedichtzeilen postete. Namen. Orte. Lesungen.

Mina las eine Nachricht:

„Es war, als hätt' der Himmel die Erde still geküsst…" Darunter: „Letzte Lesung: Theater im

Turm. Archiviert." Ein Pseudonym. Doch der Stil war menschlich. Kein Bot. Kein Fake.

Mina schrieb zurück:

„Worte sind gefährlich geworden. Aber sie brennen hell."

Antwort:

„Dann treffen wir uns im Dunkeln."

Das Treffen

Sie fuhr nach Leipzig – nicht offiziell, über Umwege, über alte Kontakte. Der Treffpunkt war ein leerstehendes Haus in der Nähe des Bahnhofs. 20 Uhr. Licht aus. Dort standen sie: Georg, Mohamed und Hannah. Und sie – Mina.

„Du bist echt?" „So echt, wie man 2031 noch sein kann." Sie sah Mohamed an. Er nickte. „Du warst das mit der Lesung?" Georg antwortete: „Nicht ich. Wir." Mina öffnete ihren Rucksack. Darin: ein Laptop ohne Internetanschluss, Notizen, und ein altes Tagebuch. „Ich will euch etwas zeigen."

Das Tagebuch

Es gehörte ihrem Großvater. Der erste Eintrag: 5. März 1943.

„Heute hat mein Lehrer aufgehört, uns zu begrü-
ßen. Ich weiß nicht, ob er Angst hat. Oder ob er
nicht mehr darf. Beides ist schlimm." „Ich bin noch
da. Aber ich darf nicht mehr singen."

Mina las laut. Dann sagte sie leise: „Es fängt immer
so an. Mit Sprache, mit Wegsehen und dann mit
Wegmachen."

Ein Entschluss

Hannah stand auf. „Wir dürfen nicht nur erinnern.
Wir müssen reden. Schreiben. Zeigen." Georg
nickte. „Wenn sie unsere Geschichten nicht mehr
drucken, dann erzählen wir sie laut. Jeden Tag."
Mohamed holte einen kleinen Recorder hervor.
„Wir nehmen alles auf. Jede Stimme. Jeden Klang.
Und wenn sie uns holen – finden andere es vielleicht." Mina fügte hinzu: „Ich schreibe eine Repor-
tage. Nicht für deutsche Medien, für das Ausland.
Die Welt muss sehen, was hier passiert. Sie müssen
hören, was ihr sagt."

Sie waren keine Widerstandsgruppe, kein Untergrund, kein System. Nur Menschen - die sich erinnerten und erzählten.

Gleichzeitig in Berlin

Im Innenministerium wurde das ZKU aktiviert. Die erste Liste ging online – intern.

- Georg Reimann – Stufe II „Verhaltensabweichung"

- Mohamed Khalidi – Stufe III „Remigrationsverweigerer"

- Hannah Levi – Stufe IV „Kulturelle Unterwanderung"

- Mina Keller – Stufe V „Sprachaktivistin"

Die Akten wurden mit einem Algorithmus verknüpft. Ein Beamter kommentierte trocken: „Alles sauber. Rechtskonform. Protokolliert."

Kapitel 12: Das Archiv

Leipzig, ein verregneter Aprilmorgen 2031

Das Haus, in dem sie sich trafen, war früher eine katholische Bibliothek. Seit Jahren leerstehend. Die Fenster blind, der Putz abgeplatzt. Aber im Inneren roch es noch immer nach alten Seiten, nach Geschichte. Hier entstand das erste Versteck ihres Archivs. Sie nannten es: „Satzfänger – Dokumente des Überhörten." Hannah begann, Kassettenrekorder und Diktiergeräte zu sammeln – analoge Technik, unauffällig. Mohamed verschlüsselte die Tonspuren. Georg diktierte Zeitzeugnisse, las alte Zeitungsartikel ein, schrieb Kommentare. Und Mina koordinierte: Sie brachte Kontakte aus Halle, Jena, Dresden – Menschen, die bereit waren, ihre Keller, Dachböden, Glockentürme zur Verfügung zu stellen.

„Wir brauchen keine Waffen", sagte Georg. „Wir brauchen Räume für Stimmen."

Das Netzwerk wächst

Bald verfügten sie über sechs Archive, dezentral verteilt:

- In einem leerstehenden Umkleideraum einer alten Turnhalle.

- In der Krypta einer evangelischen Kirche.

- In einem verlassenen Bahnwaggon bei Bitterfeld.

- Im Dachgeschoss eines Seniorenheims – mit Zustimmung der Heimleitung.

- In einem Fahrstuhlschacht, der nie in Betrieb war.

- Und schließlich: In einem Briefkastenprojekt – kleine USB-Sticks, die als „Flaschenpost" über ganz Sachsen verteilt wurden.

Jeder Speicher enthielt:

- Gedichte

- persönliche Geschichten

- Abschiedsbriefe von Ausgewiesenen

- alte Lieder

- aktuelle Gesetzestexte – kommentiert und entlarvt

„Was wir sammeln, ist kein Widerstand. Es ist Wahrheit und die hat keine Genehmigung nötig."

(Hannah)

Berlin – Innenministerium

Im Stab „Nationale Informationssicherheit" (NIS) wurde das sogenannte „Projekt LUMEN" gestartet.

Ziel: Erkennung und Unterbindung nicht-autorisierter Inhalte im öffentlichen wie privaten Raum.

Ein neues Programm – entwickelt mit Hilfe der Bundesdruckerei und eines schweizerischen Überwachungssoftware-Konzerns – scannte Begriffe, Tonlagen, auch Gedichtzitate. Besonders sensibel waren:

- „Exil"
- „Widerstand"
- „Erinnerung"
- „Remigration ist kein Ende"
- „Wir waren da"

Eine Liste wurde erstellt: über 6.000 Begriffe. Unter jedem Begriff – Verdachtsadressen. Leipzig war rot markiert.

Ein Kind in der neuen Ordnung

Ort: Grimma, Grundschule Mitte – Klasse 4b

Linus, 9 Jahre alt, zeichnete ein Haus mit einem Garten. Im Garten stand ein Zaun. Neben dem Zaun: eine Wache. „Was ist das?", fragte die Lehrerin. „Das ist unser Zuhause. Und der Wächter passt auf, dass keine Fremden kommen." Die Lehrerin lächelte. „Sehr schön, Linus. Du verstehst die neue Ordnung." Später an diesem Tag bekam Linus eine „Staatsbürgermedaille" in Bronze – für „Heimattreue Darstellung" in einem Schulprojekt.

Seine Mutter postete ein Bild. „Stolz auf meinen Jungen. Für ein sicheres Deutschland." Zwei Wochen später wurde sie für einen Job im Ministerium für Heimatkultur vorgemerkt.

Rückkehr nach Leipzig

Georg las den Post über Linus. „Sie züchten sich die Loyalität", sagte er. Mina antwortete: „Und löschen dabei das Erinnern. Nicht mit Feuer – mit Prämien." Mohamed nickte. „Ich kann nichts gegen Linus tun. Aber ich kann dafür sorgen, dass er später andere Geschichten hört."

Sie setzten sich wieder an ihre Arbeit. Sie wussten: Es war nicht viel. Aber es war das Einzige, was blieb.

Kapitel 13: Der Verrat

Leipzig, Mai 2031

Es war ein Dienstag, 5:18 Uhr, als das Archiv in der Turnhalle gestürmt wurde. Zwei Beamte des Sonderamts für Heimatschutz trugen USB-Sticks, ein Aufnahmegerät und ein Notizbuch mit sich hinaus.

Kein Pressebericht. Kein öffentlicher Hinweis. Nur ein Code-Eintrag: „Verstoß gegen §12 Kulturschutzgesetz – stillgestellt."

Gleichzeitig: Tomasz, ein Bekannter von Georg, wurde in seiner Wohnung festgenommen. „Wegen aktiver Unterstützung staatskritischer Medientechnik." So lautete der Vorwurf.

Tomasz war 63, pensionierter Informatiker, der das Netzwerk mit alten Geräten versorgt hatte. Mina war es, die die Nachricht zuerst erhielt. Sie rief Hannah an: „Wir wurden gefunden. Und sie wussten genau, wo sie suchen müssen."

Misstrauen

Am Abend trafen sich Georg, Mohamed, Mina und Hannah im Keller der Kirche. Niemand sprach zuerst. Dann sagte Georg: „Jemand redet." Mohamed fragte: „Oder etwas wurde abgefangen?" Hannah stand auf. „Wir verschlüsseln alles. Nichts läuft online. Nur analog. Wenn sie den Standort kannten, dann…" Sie verstummte.

Alle dachten an dasselbe. Einer von ihnen könnte es sein.

Der Verdacht

Mina öffnete ihre Tasche. „Ich habe eine Kopie der Polizeiladung. Tomasz wurde nicht wegen Datentechnik angeklagt. Sondern weil er 'kulturell verdächtige Inhalte verbreitet' hat."

Sie zeigte ein Dokument mit der Liste:

- Liedtexte aus dem Archiv
- Zitate von Hannah
- Namen von zwei Archivorten

Diese Daten hatten nur sie vier. „Es ist jemand von uns", sagte Mohamed. „Oder jemand sehr nah bei uns."

Ein Schatten in der Nähe

Draußen vor der Kirche parkte ein Wagen. Ein Mann mit Brille saß darin, die Hände auf dem Lenkrad. Er war kein Polizist. Sondern ein „ziviler Informationsbeobachter" – bezahlt vom Zentralregister für kulturelle Unzuverlässigkeit (ZKU). Er tippte auf sein Tablet:

„Gruppe Leipzig: Aktivität bestätigt. Verdacht auf Struktur. Empfehlung: Infiltration oder Zersetzung."

Innerer Bruch

Die Gruppe beschloss, vorerst alle Aktivitäten ein-
zufrieren. Keine neuen Aufnahmen. Keine Verbindungen. Doch in Georg begann es zu brodeln.
„Wenn wir jetzt aufhören, geben wir ihnen die Erzählung. Und niemand wird uns mehr zuhören."
Mina antwortete: „Wenn wir nicht aufhören, riskieren wir alles. Auch einander."

Mohamed sagte leise: „Vielleicht riskieren wir so-
wieso alles. Weil wir leben."

Kapitel 14: Die Stimme der Mutter

Berlin, Juni 2031

Claudia Engelhardt stand am Fenster ihres Büros
im Ministerium für Heimatkultur. Sie hatte den
Blick auf das neue Regierungsviertel. Alles war ge-
ometrisch. Grau. Symmetrisch. Keine Farben, keine
Spielereien. „Zweck über Ästhetik" – so lautete die
neue Gestaltungsrichtlinie.

„Deutschland muss sich nicht inszenieren", hatte
Kanzlerin Adelheit W. Liebeschals einmal gesagt.
„Es muss wirken."

Claudia war 42, Ministerialrätin, zuständig für „Identitätsfördernde Schulprojekte". Sie war effizient. Beliebt. Linus, ihr neunjähriger Sohn, war auf dem besten Weg, eine „Goldene Bürgerauszeichnung" zu erhalten – für seine vorbildliche Haltung in den Bereichen Sprache, Ordnung und Treue.

An diesem Morgen lag ein weißer Umschlag auf ihrem Schreibtisch. Kein Absender, keine Markierung, nur ein Zitat vorne darauf geschrieben: „Worte sind nicht gefährlich – sie sind der Grund, warum Gefahr überhaupt erkannt werden kann."

Sie zögerte. Dann öffnete sie ihn. Drinnen lag ein gefaltetes Blatt. Es war handgeschrieben. In sauberer, gleichmäßiger Schrift.

Der Titel:

„Weil ich nicht schweigen konnte"

Ich hätte die Worte verschlucken sollen, sagt die Stimme im Radio. Aber ich kaute sie zu Sätzen, und die Sätze wurden laut.

Ich hätte die Fahne hissen sollen, sagt die Frau vor dem Schulhof. Aber ich faltete sie klein und nähte sie in mein Herz.

Ich hätte die Namen vergessen sollen, sagt der Beamte in der Akte. Aber sie kamen zurück – nachts, im Traum, beim Zählen.

Ich hätte gehen sollen. Ich blieb. Ich schreibe. Weil ich nicht schweigen konnte.

Claudia hielt das Blatt wie etwas Zerbrechliches. Ihre Finger zitterten leicht. Sie las es ein zweites Mal. Und ein drittes. Dann legte sie es in die unterste Schublade ihres Schreibtischs. Ganz unten. Unter die Pläne für die neue Kindertheater-Initiative „Heimat tanzt".

Ein Riss in der Ordnung

Am selben Tag begleitete sie Linus zur Probe für den „Tag des nationalen Liedes". Die Kinder standen in Reih und Glied. Weiße Hemden. Keine Farben. Nur Töne. Ein Lehrer rief: „Linus, dein Solo!"

Der Junge trat vor. Seine Stimme war klar. Reif für sein Alter. „Wo die Heimat leuchtet, folgt das Herz dem Vaterland…"

Claudia lächelte. Pflichtgemäß. Doch in ihrem Inneren brannte noch das Gedicht. Sie sah die Kinder. Und fragte sich: „Wer hat ihnen gesagt, was sie fühlen sollen? Und wer entscheidet, was sie vergessen dürfen?"

Der Anfang der Stille

In der Nacht saß Claudia an ihrem Schreibtisch zu Hause. Sie nahm einen Block, einen Stift und schrieb. Nicht für die Arbeit, nicht für das Ministerium, sondern für sich.

Sie schrieb Erinnerungen auf:

An ihre Kindheit.

An ihre Mutter, die einmal gesagt hatte: „Was man glaubt, darf sich nie dem beugen, was man fürchten muss."

An den Lehrer, der ihr mit sechzehn ein Gedicht von Erich Fried vorgelesen hatte.

„Wer will, dass die Welt so bleibt, wie sie ist, der will nicht, dass sie bleibt."

Die Entscheidung

Am nächsten Morgen faltete sie das Gedicht, das ihr zugeschickt worden war, in einen neuen Umschlag. Sie adressierte es – anonym – an eine Kollegin im Ministerium, die sie für klug hielt. Dann noch einen. Und noch einen. Fünf Umschläge. Fünf Hände. Fünf Möglichkeiten. Sie wusste: Es war nicht viel. Aber es war ein Anfang. Und der Anfang war immer: das Wort.

Ein neuer Blick auf den Sohn

Am Abend lag Linus im Bett. Claudia setzte sich zu ihm. „Was habt ihr heute noch gemacht?" „Wir haben das Gedicht gelernt.

Und dann das Plakat überarbeitet." „Welches Plakat?" „Das für die neue Heimataktion. Ich habe 'Fremde' durchgestrichen. Weil die Lehrerin gesagt hat, das Wort ist nicht mehr gewünscht."

Claudia erstarrte. „Was hast du stattdessen geschrieben?" „'Nichtzugehörige'. Das ist jetzt korrekt." Sie streichelte ihm über die Stirn. Und als er eingeschlafen war, flüsterte sie kaum hörbar:

„Ich werde dir irgendwann zeigen, wie viele Farben Sprache haben kann."

Kapitel 15: Das Gesicht der Kanzlerin

Berlin, Bundeskanzleramt – Juni 2031

Der Flur zum Büro der Kanzlerin war still. Kein Lärm. Kein Gespräch. Nur Schritte auf poliertem Stein.

Matthias Gruber, 54, war ihr engster politischer Berater – offiziell „Beauftragter für strategische Staatskommunikation".

Inoffiziell: der Mann, der wusste, was sie dachte, bevor sie es sagte. Er war kein Parteimitglied. Nicht einmal aus Überzeugung auf ihrer Seite. Aber er war jemand, der das Machtspiel verstand. Und Adelheit W. Liebeschals war zu seiner präsisesten Schachfigur geworden.

„Die Demokratie ist eine Methode der Oberfläche", hatte sie einmal zu ihm gesagt. „Aber Wahrheit gehört in die Tiefe."

Das Büro

Ihr Arbeitszimmer war nüchtern. Kein Bild. Keine Kunst. Ein Zitat stand in schwarzen Lettern über dem Schreibtisch:

„Ordnung ist der Anfang aller Freiheit."

Gruber hatte es vorgeschlagen. Es war doppeldeutig – gerade deshalb gefiel es ihr. Adelheit W. Liebeschals saß am Tisch, die Hände über einem Dossier gefaltet. Sie blickte auf, als Gruber eintrat. „Bericht", sagte sie knapp.

Die Analyse

Gruber begann:

„Die kulturkritischen Netzwerke verdichten sich im mitteldeutschen Raum. Vor allem in Leipzig, Halle und Jena. Die analogen Archive entziehen sich digitalen Zugriffen. Wir haben Hinweise auf sogenannte Erzählzellen – informelle Kreise, die Geschichten statt Argumente verbreiten."

Liebeschals lächelte leicht. „Geschichten. Schon immer gefährlicher als Fakten. Was tun sie?" „Sie dokumentieren. Schreiben. Singen. Gedichte, Erinnerungen. Ohne offene Aufrufe. Aber mit Wirkung." „Wie viele?" „Zwei Dutzend aktive Akteure. Vermutlich Hunderte Hörer. Noch mehr Leser." Sie nickte. „Was rät die Behörde?" „Infiltration. Zersetzung. Ausgrenzung durch Beschämung. Wir arbeiten mit dem Ministerium für Heimatkultur zusammen. Eltern verlieren Förderpunkte, wenn ihre Kinder über ’alternative Geschichtsbilder’ sprechen."

„Gut", sagte sie. „Keine Helden. Keine Märtyrer. Nur leises Verschwinden."

Liebeschals' Innenleben

Als Gruber das Büro verließ, blieb sie allein zurück. Die Kanzlerin. Die Stimme der neuen Republik. Sie war nicht sentimental. Nicht nostalgisch. Nicht wütend. Was sie antrieb, war Klarheit.

„Die Menschen benötigen kein Chaos mehr.", hatte sie in ihrer ersten Regierungserklärung gesagt. „Sie brauchen eine klare Linie. Und eine Linie schließt Schleifen aus."

Sie glaubte an Nation. Aber nicht als Gefühl. Sondern als Struktur.

„Wir haben die Erinnerung zu lange überschätzt", sagte sie oft. „Jetzt ist die Zeit der Disziplin."

Ein Abend in der Kanzlerwohnung

In ihrer Wohnung im Regierungsviertel trank sie abends stillen Tee. Sie lebte seit Wahlsieg allein in Berlin. Schließlich kann eine deutsche Kanzlerin nicht in Österreich wohnen. Und offiziell schon gar nicht mit einer Frau und einer Frau mit Migrationshintergrund. Nur ab und zu telefonierten sie noch heimlich oder sie fuhr privat nach Österreich zu ihrer Jana.

Sie hatte keine Haustiere. Keine Bilder von früher hingen irgendwo. Ein einziges Buch lag auf dem

Tisch: „Gedanken über die Ordnung der Dinge" –
eine Sammlung von Reden konservativer Philoso-
phen. Sie blätterte darin. Und blieb an einem Satz
hängen:

„Die Demokratie hat einen Fehler: Sie glaubt, die
Wahrheit sei verhandelbar."

Sie unterstrich ihn. Mit Bleistift. Dann schloss sie
das Buch und sagte leise: „Nicht mit mir."

Gruber – Der Spalt im System

Währenddessen saß Matthias Gruber in seinem eigenen Büro. Er starrte auf den Bildschirm. Eine E-
Mail. Unsigniert. Betreff: „Was du weißt". Angehängt war ein Audioclip. Ein Kind, das ein Lied
singt – verstolpert, zaghaft:

„Ich hätte die Fahne hissen sollen …

Aber ich nähte sie in mein Herz …"

Gruber hörte es dreimal. Dann stand er auf. Und
schloss die Tür hinter sich. Langsam. Als wollte er
den Moment nicht verlieren.

Zum ersten Mal – seit Monaten – fragte er sich: „Wie
lange kann man Teil eines Systems bleiben, ohne
selbst darin verloren zu gehen?" Und tief in sich

hörte er einen alten Satz aus seiner Jugend. Von seiner Großmutter, die im Dritten Reich als Lehrerin gefeuert worden war: „Du musst nicht kämpfen. Aber du musst fühlen, wann man dich zwingt zu schweigen."

Kapitel 16: Schattenkind

Berlin, Juli 2031

Linus war aufgeregt. Die ganze Klasse 3b der Elisabeth-von-Stahl-Schule stand im Halbkreis vor dem Eingang des neuen „Haus der Nation". Ein Betonbau mit klaren Linien, ohne Fenster.

Davor flatterten weiße Fahnen mit dem neuen Emblem der „Republik Deutschland". Kein Adler mehr. Nur ein stilisierter Kreis mit vier Linien – Symbol für „Einheit, Wahrheit, Ordnung und Zukunft".

Die Lehrerin, Frau Merkel-Kranz, sprach laut und fest: „Heute lernt ihr, was es bedeutet, Teil unseres großen, starken Landes zu sein." Linus sah zu seiner Mutter, die als Vertreterin des Ministeriums den Ausflug begleitete. Claudia lächelte mechanisch.

Die Halle der Erinnerung

Drinnen roch es nach Metall und Staub. Die erste Halle zeigte „die Zeit des Zerfalls" – so nannte die Ausstellung die Jahre 1945 bis 2025. Bildschirme zeigten zerbombte Städte, Jugendproteste, Klimakollaps, Seenotretter, Eurokrisen, Kopftücher, LGBTQ-Paraden, bunte Graffitis. Alles in einem Strom des Chaos. Darunter in Leuchtschrift: „Der Preis der Beliebigkeit."

Frau Merkel-Kranz nickte feierlich. „Diese Zeit war verwirrt. Deutschland wusste nicht mehr, wer es war. Doch dann… kam die Ordnung zurück."

Ein leiser Moment

Linus blieb zurück. Ein Gang zweigte ab, kaum beleuchtet. Am Ende: ein Schild. Kleiner als die anderen. Darauf stand: „Räume nicht betreten. Archiv in Vorbereitung." Doch die Tür war angelehnt. Linus schob sie vorsichtig auf. Drinnen: Kartons. Ordner. Alte Bücher. Ein einzelnes Foto an der Wand. Darauf: ein Schulkind aus den 1940er-Jahren. Blasses Gesicht. Die Augen erschrocken. Darunter mit Bleistift geschrieben: „Julius, 10 Jahre. Berlin 1942. Verschwunden."

Linus starrte das Bild an. „Warum steht hier nichts mehr?", flüsterte er.

Die Frage

Zurück bei der Gruppe hob er zögerlich die Hand. „Frau Merkel-Kranz? Wer war Julius?" Die Lehrerin sah ihn irritiert an. „Wer?" „Da hinten im Raum. Auf dem Foto. Es stand nur: 'verschwunden'. Warum?" Claudia zuckte zusammen.

Die Lehrerin wurde streng: „Linus. Dieser Bereich ist nicht Teil der Ausstellung. Du sollst dich auf die Gegenwart konzentrieren." Er antwortete: „Aber, wenn er verschwunden ist, müsste man doch wissen, warum. Oder suchen. Oder fragen." Die anderen Kinder sahen ihn an. Einige kicherten. Frau Merkel-Kranz lächelte gequält. „Komm bitte nach vorne. Wir sprechen später darüber."

Der Blick der Mutter

Am Abend. Claudia saß auf der Bettkante. Linus war still. „Mama… war das verboten?" Sie schwieg. Dann sagte sie leise: „Nicht verboten. Nur… nicht gewünscht." „Aber was, wenn Julius was sagen wollte?" „Vielleicht konnte er das nicht mehr." Linus sah sie an. „Dann sag du es. Du darfst doch sprechen."

Sie kämpfte gegen Tränen. In diesem Moment begriff sie: Das System hatte nicht nur sie zum Schweigen erzogen. Es begann schon bei ihrem Sohn.

Der Entschluss

Claudia stand in der Küche. Holte das alte Gedicht aus der Schublade. „Weil ich nicht schweigen konnte…" Sie setzte sich an den Tisch. Und schrieb – nicht als Beamtin, sondern als Mutter.

Anonym. Für andere Eltern. Für die Kinder. Titel: „Ein Brief an Julius"

Sie würde ihn verbreiten. In Kindergärten. Schulen. In Brotdosen. Zwischen Seiten. Denn es musste wieder möglich sein, eine Frage zu stellen, ohne Angst zu bekommen.

Kapitel 17: Die Risse werden hörbar

Leipzig, Juli 2031

Die Stadt lag in einem grauen Dunst aus Beton, Disziplin und neuem Nationalgefühl.

Die Musikhochschule war vor drei Jahren geschlossen worden – offiziell wegen „Strukturreform im kulturellen Sektor". Doch im Untergeschoss des alten Gebäudes, zwischen Klangisolierungen und Staub, lebte noch ein Echo. Ein Name flackerte durch die Netzwerke: „Cantus Veritas" – Der Gesang der Wahrheit.

Die Nachricht

Mohamed saß in seinem kleinen Zimmer in der Südvorstadt. Der Strom war gedrosselt – wie in vielen Wohnungen, in denen der „soziale Leistungswert" unterhalb der staatlich empfohlenen Linie lag. Ein alter Laptop, mit VPN und selbstgeschriebener Entschlüsselung, flackerte auf.

Eine Nachricht. Absender: UNBEKANNT Betreff: „Wenn du zuhörst, hörst du, was fehlt."

Ein Audioclip war angehängt. Nur 32 Sekunden lang.

Die Aufnahme

Er klickte. Rauschen. Dann Kinderstimmen. Klar. Unverstellt. Sie sangen:

„Weißt du, wo die Stimmen wohnen, wenn die Fenster schweigen?

Weißt du, wo Erinnerungen in den Herzen bleiben?"

Ein Kanon. Drei Stimmen. Dann ein Junge allein, zart:

„Mein Bruder heißt Julius.

Ich sage seinen Namen, damit er nicht verloren geht."

Dann brach die Aufnahme ab. Mohameds Herz schlug schneller. Nicht wegen der Musik. Sondern wegen der Stimme: Er kannte sie.

Er rief Georg an. „Hör dir das an." „Was ist das?" „Ein Chor. Kinder. Aus einer Schule." „In Leipzig?" „Ich glaube, ja. Und ich glaube… es ist Linus dabei. Der Sohn von Claudia." Stille. „Wenn das stimmt, Mohamed… dann passiert da gerade etwas, das größer ist als wir."

Der Untergrund lebt

Sie trafen sich in einem Hinterzimmer eines verlassenen Buchladens. Georg hatte sich verändert. Er war vorsichtiger geworden – seit seiner Suspendierung, die man offiziell nie so nannte. Er trug keinen Dienstausweis mehr. Nur noch die Wut in der Brust. „Es gibt ein Netzwerk von Archivierenden", sagte Mohamed. „Sie retten Erinnerungen. In Liedern. Stimmen. Geschichten. Auf USB-Sticks. In

Tondosen. In Keksverpackungen." „Und warum erzählen sie Kindermärchen?" „Weil niemand mehr
zuhört, wenn du Argumente bringst. Aber wenn
ein Kind singt… beginnt selbst ein System zu zittern."

Ein neuer Feind

In Berlin, am Schreibtisch der Kanzlerin, wurde die-
selbe Aufnahme abgespielt. Ein Mitarbeiter des
Amtes für „Narrative Sicherheit" blickte nervös auf.
Adelheit Liebeschals legte den Stift zur Seite.

„Kinderstimmen. Immer die Kinder. Sie sind das
empfindlichste Instrument einer Gesellschaft – und
zugleich ihr Sprengsatz." „Wir könnten die Schule
durchsuchen lassen…" „Nein. Noch nicht. Wir be-
obachten. Wer singt, hat bereits etwas verloren. Ich
will wissen: Wer hat ihnen erlaubt, zu erinnern?"

Der Moment der Entscheidung

Mohamed wusste, was als Nächstes kam. Sie wür-
den die Schule finden. Die Lehrer. Die Archive.
„Wir müssen vorher etwas tun", sagte er. „Wir
müssen es verbreiten." „Wie?" fragte Georg. „Nicht
mit dem Netz. Nicht digital. Sondern analog. Auf
Tonbändern. Auf alten Kassetten. Im Radio – auf
UKW." „Piratenradio?" „Mehr: Erinnerungsfunk."
Sie nannten es: „Radio Julius"

Kapitel 18: Radio Julius – Die Frequenz der Erinnerung

Ein Dachboden über Leipzig – August 2031

Es war kurz nach Mitternacht, als Mohamed den Sender startete. Ein altes Gerät, mit silbernem Gehäuse, angeschlossen an ein modifiziertes Antennenmodul. Georg überprüfte die Stromversorgung – von einer umgebauten Autobatterie gespeist. Der Kanal: UKW 91,4, Sendereichweite: geschätzt 5 bis 10 Kilometer. Codename: „Radio Julius" Kein Logo. Kein Slogan. Nur ein leises Rauschen – und dann eine Stimme.

Die erste Sendung

Claudia saß am Mikrofon. Ihre Stimme war ruhig. Fest. Sie hatte sich entschieden. Nicht als Beamtin. Nicht als Mutter. Sondern als Zeitzeugin.

„Guten Abend. Wenn Sie mich hören, sind Sie Teil von etwas, das es eigentlich nicht mehr geben dürfte: Erinnerung. Ich lese Ihnen heute einen Brief vor. Geschrieben für ein Kind, das verschwunden ist. Sein Name war Julius. 1942. Berlin. 10 Jahre alt."

Sie holte kurz Luft. Dann begann sie:

„Lieber Julius, ich weiß nicht, wo du bist. Aber ich weiß, dass du warst. Und solange ich deinen Namen sage, bist du mehr als ein Schatten in einer Akte. Du bist Geschichte. Und Zukunft zugleich."

Georg legte ein Tonband ein.

Darauf: Kinder, die sangen. Linus' Stimme deutlich.

„Ich sage deinen Namen,

damit du nicht verschwindest.

Ich flüstere ihn in die Nacht –

dass jemand ihn findet."

Berlin – Das Amt für Narrative Sicherheit

Im „Haus der Ordnung" im Berliner Regierungsviertel herrschte Alarmstufe Gelb. Ein Beamter betrat eilig den zentralen Überwachungsraum. „UKW-Übertragung auf 91,4. Unbekannter Sender. Illegale Inhalte."

Kanzlerin Liebeschals saß bereits am Konferenztisch. Auf einem Monitor lief die Tonspur. „…damit du nicht verschwindest." Sie hörte schweigend zu. Dann sagte sie: „Das ist keine Opposition. Das ist eine Emotion. Und Emotion ist gefährlich."

Der Innenminister, Markus Adler, nickte: „Ich be-
antrage gemäß Verordnung 4/17 die temporäre
Kontrolle über alle UKW-Frequenzen im Osten.
Und eine gezielte Ortung durch Dronenüberflug."

Liebeschals: „Nein. Noch nicht. Wir werden ihnen
zuhören. Solange wir wissen, wo sie sprechen, kontrollieren wir auch, was sie auslösen."

Verordnung 4/17: Temporäre Funkkontrolle

Am nächsten Tag wurde die neue Verordnung veröffentlicht.

*„Zum Schutz der nationalen Kohärenz wird jede nicht
lizensierte Rundfunkfrequenz unter Aufsicht gestellt.*

*Bildungseinrichtungen, Bibliotheken und private Radio-
sender müssen ihre Geräte zur Prüfung vorlegen.*

Verdachtsunabhängige Kontrollen sind legitim."

Mohamed las sie online. „Es beginnt", sagte er leise.
Georg sah ihn an. „Dann senden wir heute Abend
wieder."

Zweite Nacht – Der Moment

Die zweite Sendung war kürzer. Doch diesmal las
Claudia nicht. Sie spielte einen Ton aus dem Archiv.

Ein Interview. Unbearbeitet. Mit einer Frau, 87 Jahre alt.

„Ich war damals ein Kind. Ich wusste nicht, was ein Jude war. Nur, dass Julius plötzlich nicht mehr kam. Und dass meine Mutter sagte: 'Frag nicht so viel.' Heute weiß ich: Wir haben alle zu wenig gefragt."

Mohamed blendete ein letztes Lied ein: Ein Klavierstück. Leise. Melancholisch. Dann:

„Wenn du deinen Namen kennst,

bleibst du nicht verloren.

Wenn du ihn sagst,

kann selbst Stille geboren werden."

Ein Riss im System

In Berlin:

Adelheit Liebeschals stand auf dem Balkon ihrer Kanzlerwohnung. Sie blickte über die Stadt. Still. Unbeweglich. Hinter ihr lief die Aufnahme erneut. „Wenn du deinen Namen kennst…"

Ein Mitarbeiter trat an sie heran: „Frau Bundeskanzlerin? Sollen wir eingreifen?" Sie antwortete nicht sofort. Sie hatte mit Widerstand gerechnet, durch die SPD, durch die CDU, durch die Linken…aber nicht so, nicht durch Kinder, nicht durch Emotionen. Dann sagte sie nur: „Manchmal…flüstert selbst das System."

Kapitel 19: Die Fahndung beginnt

Leipzig, Ende August 2031

Es war ein grauer Dienstag, als Linus verschwand. Die Schule meldete ihn „unerlaubt abwesend". Die neue Direktorin, Frau Merkel-Kranz, telefonierte mit dem Ministerium, bevor sie überhaupt Claudias Nummer wählte.

Als Claudia davon erfuhr, war es bereits 10:42 Uhr. Sie war auf dem Weg ins Ministerium für Familiäre Ordnung, als die Meldung auf ihrem Mobilgerät erschien:

„Mitarbeiterin Claudia Meißner, Angehörige des Schülers Linus Meißner, hat sich umgehend bei ihrer Dienststelle zu melden. Erhöhte Beobachtungsstufe 2A."

Sie hielt inne. Ihr Blick verschwamm.

Die Spur

Georg stand im Schatten der alten Straßenbahnbrücke, als Mohamed ihn traf. „Er ist nicht mehr in der Schule. Ich habe mit zwei Schülern gesprochen. Er hat gesagt, er will 'Julius finden'." Georg runzelte die Stirn „Das ist nicht nur kindlicher Idealismus, Mohamed. Wenn sie ihn erwischen… er ist neun." „Ich weiß." Sie gingen die Strecke ab. Straßenbahnhof, Bibliothek, Park – dann die alte Musikschule. Ein Fenster im Erdgeschoss war offen. Drinnen lag ein Notizbuch. Darauf: Linus' Handschrift.

„Ich singe für ihn. Ich will wissen, wo die Geschichten hingehen. Ich will hören, was man nicht sagen darf."

Berlin – Sitzung des Bundesamtes für Narrative Sicherheit

Im neuen Regierungstrakt, unter dem „Haus der Ordnung", wurde der Fall Linus Meißner zur „Prüfung von Radikalisierung in familiennahen Strukturen" erklärt. Ein Sprecher las den internen Bericht vor:

„Kind wurde im Umfeld illegaler Audioproduktionen beobachtet. Mutter hat direkten Kontakt zu bekannten Archivierenden. Vater unbekannt, entzogen. Risikoprofil: mittel-hoch. Empfehlung: Zugriff, Sicherstellung, Interviewprotokoll."

Kanzlerin Liebeschals lehnte sich zurück. „Ein Kind als Symptom", murmelte sie. „Nicht als Täter."

Markus Adler schlug eine Maßnahme vor: Verordnung 5/09 – Kinderschutz durch pädagogische Rückführung.

Liebeschals nickte nur.

Die Entscheidung

Claudia wartete nicht. Sie hatte eine Adresse gefunden – in Linus' Notizbuch stand der Name „Julius" über einer alten U-Bahn-Station: Völkerschlachtdenkmal – Tunnel C. Sie fuhr sofort los. Ohne Handy. Ohne Pass. Nur mit einer Taschenlampe und einem alten Foto von Linus. Als sie im Tunnel ankam, roch es nach feuchtem Stein.

Die Graffitis an den Wänden waren übermalt worden. Doch darunter: Stimmen. Alte Sprüche. Namen. Dann hörte sie etwas: Ein Flüstern. Kinderlachen. Und Linus' Stimme.

Er saß dort, in einer Nische. Neben ihm: Ein alter Kassettenrekorder. Auf Play gedrückt. Die Stimme: Claudias eigene Aufnahme. „Lieber Julius..." Er sah sie an. „Mama. Ich habe ihn nicht gefunden. Aber ich weiß jetzt, warum sie wollen, dass wir ihn vergessen." Sie nahm ihn in den Arm. „Wir vergessen ihn nicht."

In diesem Moment wusste sie: Sie konnte nicht mehr zurück in ihr altes Leben.

Die Flucht beginnt

Georg fuhr sie in einem umgebauten Lieferwagen aus Leipzig hinaus. Mohamed gab ihnen eine neue Route: über Tschechien, dann vielleicht Richtung Österreich.

„Ich bleibe noch. Ich bin jetzt die Stimme." „Bist du dir sicher?" fragte Claudia. „Ja", sagte Mohamed. „Aber ich brauche deine Stimme für die nächste Sendung." Sie nickte. Und reichte ihm den Kassettenrekorder.

Berlin – Offizielle Verlautbarung

„Der Schüler Linus M. ist wohlauf. Aufgrund familiärer Destabilisierung wurde eine pädagogische Rückführung durch unabhängige Einrichtungen angeregt.

Das Kind verbleibt in staatlicher Schutzbetreuung. Weitere Informationen sind aus Gründen des Jugendschutzes nicht vorgesehen."

Der Sprecher wirkte routiniert. Doch hinter den Kulissen wuchs die Sorge: Radio Julius war nicht verstummt. Es hatte begonnen, sich zu vervielfältigen.

Kapitel 20: Stimmen unter der Erde

Prag, September 2031

Der Zug war nachtsüber die Grenze gerollt – kein Licht, kein offizieller Halt. Georg hatte sich auf der Ladefläche zwischen Kisten und Planen verkrochen, Linus schlafend in seinen Armen, Claudia still daneben. Als sie in Prag ankamen, war der Himmel voller Nebel.

Ein alter Mann holte sie ab – ein Kontakt aus der Zeit, als Georg noch bei ein Lehrer war. „Ihr habt genau eine Stunde, dann verschwinden wir." Sie verschwanden.

Die Zuflucht

Ein Keller unter einem ehemaligen Theater. Staub auf alten Scheinwerfern. Verstaubte Plakate von Kafka-Inszenierungen und Brecht-Stücken. Ein Ort, der sich erinnerte – an Worte, die einst verboten waren. Claudia setzte sich an einen kleinen Holztisch und sah Linus an. „Du weißt, warum wir hier sind?" „Weil sie nicht wollen, dass ich singe." „Nein, Linus. Weil sie nicht wollen, dass du weißt, warum du singst."

Berlin – Strategiestab Kanzleramt

Adelheit Liebeschals stand vor der Wandkarte im Sicherheitsraum. Darauf markiert: Punkte in Leipzig, Jena, Chemnitz, Görlitz – alles Städte, in denen „Radio Julius" aufgezeichnet worden war. Ein neuer Ort war hinzugekommen: Schneeberg – ein leerstehender Luftschutzbunker.

Der Innenminister schlug Alarm: „Wir haben es mit einem subversiven Netzwerk zu tun, dass Kinder instrumentalisiert, Geschichte umdeutet und das staatliche Narrativ untergräbt." „Wir brauchen ein Signal", sagte Liebeschals leise.

Sie erließ es selbst:

Verordnung 6/03 – Schutz der historischen Einheit.

Alle nichtstaatlichen Bildungs-, Musik- und Archivierungsinitiativen sind ab sofort lizenzpflichtig.

Zuwiderhandlungen gelten als staatszersetzend.

Der unterirdische Chor

Mohamed hatte sich in den Tiefen der alten S-Bahn-Stollen unter Leipzig eingerichtet. Kein Stromnetz, keine Kameras. Nur Kerzen und ein Generator. Er saß mit acht anderen. Zwei davon: Lehrerinnen, die aus der Pädagogik verbannt wurden. Einer: Ein ehemaliger Toningenieur, der für die Regierung gearbeitet hatte. Und da war ein Junge – 14 Jahre alt – der nicht sprach, aber spielte. Sie hatten ein Ziel: „Stimmen konservieren, bevor sie gelöscht werden."

Die erste neue Stimme

In der nächsten Sendung sprach Herr Maron, ehemals Geschichtslehrer.

„Als ich 1955 geboren wurde, war mein Großvater ein gebrochener Mann. Nicht, weil er im Krieg gekämpft hatte – sondern weil er danach nie wieder reden durfte. Und jetzt sagt man mir, ich darf nicht mehr über ihn sprechen. Aber ich werde seinen Namen sagen: Samuel Maron. Jude. Vater. Lehrer. Mensch. Wenn Sie das hören: Ich bin sein Enkel."

Darauf folgte ein Cello-Stück. Ein junger Musiker spielte es auf einem Instrument, das er aus alten Möbeln gebaut hatte.

Am Ende flüsterte eine Stimme: „Wenn ihr schweigt, wird man euch vergessen. Wenn ihr singt, werden sie euch suchen."

Ein Riss im Untergrund

Doch nicht alle waren einverstanden. Ein Mitglied der Gruppe – eine Frau, einst Musikpädagogin – warnte Mohamed: „Wenn wir so weitermachen, werden sie nicht nur uns finden, sondern auch unsere Schüler." „Und wenn wir nichts tun?" „Dann wachsen sie auf wie wir – mit Angst vor ihrer eigenen Geschichte." Mohamed schwieg. Dann sagte er: „Ich habe Linus' Stimme gespeichert. Auf drei analogen Bändern. Sie sind jetzt in Prag."

Prag – Das neue Netzwerk

In dem Keller unter dem Theater hatte sich inzwischen etwas entwickelt. Claudia hatte begonnen,

Kinder zu unterrichten – mit Liedern, in denen Namen vorkamen: Mariam. Levi. Otto. Hava. Julius.

Georg stand Wache. Er hatte sich Waffen besorgt – nicht zum Angriff, sondern zur Abschreckung Denn auch in Tschechien gab es inzwischen Gerüchte: Deutschland habe „exterritoriale Fahndung" beantragt – für „Gefährder mit kulturpolitischer Zielsetzung". Und dann kam der Anruf.

Ein alter Kollege aus Georgs Lehrerzeit. Verschlüsselt. Drei Worte: „Köthen. Verhaftung. Jugendlicher." Er war 13. Er hatte im Schulradio ein Lied über seinen Großvater gesendet – einst Widerstandskämpfer. Er war der erste Minderjährige, der offiziell unter Verordnung 6/03 erfasst wurde.

Das System hatte begonnen, Kinder zu zählen.

Mohameds Entschluss

Mohamed wusste, dass er gehen musste. Nicht aus Feigheit. Sondern, weil seine Stimme nun größer wurde als sein Versteck. Er verließ Leipzig in der Nacht. Über Böhmen, durch ein Dorf, das nur auf alten Karten zu finden war.

Und er trug bei sich: Ein Kassettenrekorder. Ein Heft mit Namen. Und die Frequenz: 91,4

Endszene – Der neue Sender

In einem alten Wasserturm in der Nähe von Pilsen richtete er ein neues Studio ein. Er setzte sich ans Mikrofon. Die Welt war still. Dann drückte er auf „Senden" und sagte:

„Wenn ihr mich hört, erinnert euch:

Dies ist keine Revolution.

Dies ist ein Echo.

Und Echo stirbt erst, wenn niemand mehr ruft."

Kapitel 21: Das Gedächtnis der Welt

Genf, Oktober 2031

Die Sitzung des UN-Menschenrechtsrats war ungewöhnlich still. Antrag 34/2027, eingereicht von Frankreich, Polen, Tschechien und Kanada, forderte:

„Unverzüglichen Zugang zu deutschen Bildungs- und Kulturdatenarchiven zur Prüfung möglicher Verletzungen des Rechts auf Erinnerung, Meinungsfreiheit und Bildung in der Bundesrepublik Deutschland."

Die deutsche Delegation verließ den Saal nach drei Minuten. Adelheit Liebeschals nannte den Antrag später eine „beispiellose Einmischung in die kulturelle Souveränität eines souveränen Vaterlands".

Berlin – Das Kultur-Schutzgesetz

Das sogenannte „Gesetz zur Bewahrung deutscher Ordnung in Bildung und Geschichte" trat am 3. Oktober 2031 in Kraft – am „Tag der Erneuerung".

Inhalt:

- Alle Schulcurricula werden zentralisiert.

- Jede Darstellung der NS-Zeit bedarf staatlicher Genehmigung.

- Der Begriff „Widerstand" darf nur im Zusammenhang mit kommunistischen Regimen verwendet werden.

- Archive unterliegen einer Prüfung auf „ideologische Verzerrung".

Ein Passus sorgte international für Entsetzen: „Die gezielte Darstellung von nationaler Schuld ist eine Form von psychologischer Kriegsführung gegen kommende Generationen."

Prag – Die Antwort

Claudia hatte das Gesetz gelesen. „Sie tilgen nicht nur Worte. Sie tilgen Scham." Georg sah sie an. „Was meinst du?" „Im Nationalsozialismus hatte man Angst zu sprechen. Heute will man, dass niemand mehr weiß, dass man je hätte sprechen sollen."

Linus las derweil in einem alten Buch, das sie aus einem privaten Archiv erhalten hatten: „Tagebuch der Anne Frank". Seine Stimme zitterte, als er sagte: „Sie war so jung. Und sie hat trotzdem geschrieben." Claudia legte ihm die Hand auf die Schulter. „Du darfst das auch." „Aber es ist gefährlich." „Gerade deshalb."

Deutschland – Eine neue Behörde

Die Regierung gründete ein neues Amt: BfG – Bundesamt für Geschichtsintegrität

Leiter: Dr. Felix Meinwald, Historiker, berüchtigt für seine These: „Die deutsche Erinnerungskultur lähmt die Seele des Volkes." Unter Meinwalds Führung wurden 46 Schulbibliotheken „neu geordnet". 25 Lehrer entlassen. 19 Archive geschlossen.

Ein ehemaliger Mitarbeiter berichtete anonym: „Sie verwenden KI, um Texte umzuschreiben. Wörter wie ‚Verbrechen', ‚Schuld', ‚Deportation' werden ersetzt durch: ‚historische Komplexität', ‚externe Konfliktumstände' und ‚Bevölkerungstransfer'."

Widerstand im Untergrund

Mohamed, nun in einem Studio bei Linz, sendete regelmäßig unter dem Namen „Echo-Kanal 91.4". Die neueste Aufnahme enthielt Interviews mit Holocaustüberlebenden – anonymisiert, verschlüsselt. Ein Fragment einer Stimme: „Ich war elf, als man uns aus dem Klassenzimmer holte. Der Lehrer weinte nicht. Er sagte nur: ‚Es ist besser so.' Sie haben meine Mutter mitgenommen. Ich habe sie nie wiedergesehen. Und jetzt – jetzt wollen sie uns im neuen Deutschland aus dem Lehrplan holen. Ich bin alt. Aber ich erinnere mich."

Diese Sendung wurde zum Symbol. In Polen, Österreich, Frankreich – junge Menschen begannen, sie zu übersetzen.

Ein Kind singt

In Prag stand Linus auf der kleinen Bühne des Theaters. Seine Stimme war leise, fast flüsternd. Er sang ein Lied, das Mohamed ihm geschickt hatte. Es war ein Choral. Alt. Hebräisch. Dann Deutsch. Es ging um Namen. Und um Erinnerung.

„Nenn mich nicht anders.

Nenn mich bei meinem Namen.

Ich war da. Ich bin da. Ich werde da sein."

Am Ende klatschte niemand. Stille. Denn alle wussten: Sie hatten gehört, was verboten werden sollte.

Georgs Entschluss

Als die Nachricht kam, dass Marek, ein ehemaliger Schüler Georgs, in Dresden festgenommen wurde, weil er ein Gedicht von Inge Müller an eine Hauswand gesprüht hatte, wusste Georg: Er musste zurück. „Ich gehe nach Deutschland. Ich kann nicht zusehen, wie es wieder passiert." Claudia hielt ihn fest. „Sie werden dich finden." „Dann finden sie mich eben. Aber sie sollen wissen, dass nicht alle geschwiegen haben."

Er verließ Prag bei Nacht. Mit gefälschtem Ausweis. Mit einem Band aus Linus' Aufnahme. Und einem Ziel: Berlin.

Der Funke

In Berlin tauchte ein Graffito auf. An der Mauer des ehemaligen Reichstags: „Ein Land, das sich seiner Schuld nicht erinnert, bereitet sie vor."– anonym

Darunter klebte ein QR-Code. Er führte zu einer Frequenz: 91.4

Kapitel 22: Das Gesicht der Wahrheit

Berlin, November 2031

Kalter Nebel hing über der Spree. Die Straßen rings um das Regierungsviertel waren sauber, fast leer – wie immer seit der sogenannten „Ordnungsoffensive" der Kanzlerin. Kameras summten leise. Die Fahnen flatterten nicht. Sie standen still, als hielten auch sie den Atem an.

Georg trat aus der U-Bahn-Station Bundestag. Nicht als der, der er war – sondern unter dem Namen Paul Reimann, ein „Kulturberater" mit Sondergenehmigung des Bundesamts für Geschichtsintegrität. Die falschen Papiere hatte ihm ein Netzwerk in Prag verschafft – es kostete drei andere ihre Freiheit. Er wusste es. Und trug es mit sich.

Das Archiv der Schatten

Unter dem Pergamonmuseum, in einem versiegelten Keller, der offiziell „renoviert" wurde, traf er sie: Lina Becker, 68, ehemals Professorin für Politische Geschichte. Sie war 2026 zwangspensioniert worden, nachdem sie in einer öffentlichen Vorlesung gesagt hatte: „Wer Geschichte entkernt, bereitet den Körper der Lüge vor."

Georg erkannte in ihr etwas, das er selbst fühlte: Nicht Mut – sondern die Notwendigkeit zu bleiben, wenn alle anderen gingen. „Sie haben digitale Archive gelöscht. Aber nicht alles war digital." Sie öffnete eine Tür. Dahinter: Metallschränke. Ordner. Tonbänder. Tagebücher. Und ein Dokument, das Georg den Atem nahm: Eine Rede von Heinrich Himmler – Originalkopie.

Darauf mit rotem Stempel: „Vergleich verboten laut BfG §9"

Zentrale für Volkskommunikation – Regierungsbüro Berlin

Kanzlerin Liebeschals bereitete sich auf die Rede zur „Vereinigung deutscher Herzen" vor. Sie stand vor einem Spiegel, während ihr persönlicher Berater, Dr. Jonathan Kall, die letzten Zeilen überarbeitete. Er war rhetorisch brillant – und kühl wie Marmor. „Lassen Sie den Satz ‚Wir sind kein Volk der ewigen Selbstanklage' weiter vorne wirken. Die Leute wollen Stolz, nicht Rechtfertigung." „Und der Bezug zur Geschichte?" „Nur kontrolliert. Keine Zitate von 1945. Lieber 1848. Oder besser: 1989."

Adelheit sah ihn lange an. Dann nickte sie. „Wir geben ihnen nicht die Vergangenheit. Wir geben ihnen ein gereinigtes Morgen."

Die Chronisten

Währenddessen hatte Lina Becker ein geheimes Netzwerk organisiert – „Die Chronisten". Ehemalige Archivare, Lehrerinnen, Buchhändler, Bühnenarbeiter. Sie trafen sich unter der Oper, in Katakomben, wo einst jüdische Musiker geprobt hatten, deren Namen längst aus den Katalogen verschwunden waren.

Georg hörte ihre Stimmen: „Mein Vater war 1943 Wachmann in Sachsenhausen. Ich habe seine Briefe. Niemand will sie drucken." „Ich habe Tonbänder von 1968. Studenten, die über Auschwitz sprechen. Die Regierung will sie als 'linke Agitation' klassifizieren." „Mein Sohn wurde verhaftet, weil er ein Referat über Sophie Scholl gehalten hat."

Sie waren keine Revolutionäre. Sie waren Zeugen, die wussten: Ohne Zeugnis wird Erinnerung zu Ruinen.

Linus' Briefe

In Prag schrieb Linus, inzwischen zwölf Jahre alt, jeden Abend einen Brief. Nicht an eine Person, sondern an ein Land.

„Liebes Deutschland,

ich weiß nicht, wie du jetzt aussiehst.

Ich kann dich nicht besuchen, weil du Angst hast vor Liedern.

Aber ich habe heute ein neues Wort gelernt: Chronik.

Das ist wie ein Herzschlag der Vergangenheit.

Ich werde meine schreiben.

Vielleicht hörst du sie ja irgendwann.

Dein Linus."

Diese Briefe wurden per USB-Stick in Broten, Spielzeugen, sogar in Konzertflöten über die Grenze geschmuggelt. In München las sie ein Pfarrer der Jugendgruppe vor. In Köln wurden sie als Podcast veröffentlicht – illegal. Der Titel: „Ein Kind schreibt an sein Vaterland"

Die Rede

Am 22. November 2031 trat Adelheit Liebeschals vor das Volk. Hinter ihr: die Reichstagskuppel, golden ausgeleuchtet. Davor: 80.000 Menschen – eingeteilt in Gruppen, jede mit eigenem Banner.

„Wir stehen an der Schwelle eines neuen Zeitalters.

Ein Deutschland, das nicht mehr schuldbeladen in den Spiegel blickt, sondern mit aufrechtem Rücken in die Zukunft geht. Es ist Zeit, dass wir unsere Geschichte ehren – nicht durch Kasteiung, sondern durch Ordnung, Kultur und Wahrheit."

Die Menge jubelte.

Der Funken

Zur gleichen Stunde sendete Mohamed aus Linz eine neue Episode von Echo 91.4. Die Stimme gehörte Frieda Winter, 96 Jahre alt, Überlebende von Theresienstadt. „Ich kann nicht mehr lange sprechen. Aber ich muss. Als ich deportiert wurde, war ich 14. Ich erinnere mich an Musik. Und an Schweigen. Und ich weiß: Wenn sie heute sagen, man dürfe nicht mehr von uns erzählen – dann werden sie bald sagen, es habe uns nie gegeben."

Der letzte Satz hallte durch den Äther wie ein Ruf in die Tiefe. „Nicht vergessen ist Widerstand."

Abspann – Georgs Schwur

In Berlin, im Keller des Museums, legte Georg seine Hand auf ein Tagebuch von 1941. Darauf stand: „E. Weiss – gefallen, aber nicht vergessen." Er flüsterte: „Ihr wollt, dass wir aufhören zu erzählen. Dann müsst ihr uns alle töten. Und sogar dann… wird unser Echo bleiben."

Kapitel 23: Die Nacht der Stimmen

Leipzig, Dezember 2031

Der Frost hatte die Straßen mit einer dünnen Eisschicht überzogen, und doch strömten die Menschen dicht gedrängt in das verlassene Fabrikgebäude am Rande der Stadt. Kerzenlicht flackerte, das Murmeln wurde lauter, als ein junger Musiker seine Geige stimmte.

Das geheime Konzert

Mohamed saß in einer Ecke, sein Mikrofon bereit. Über einen illegalen Kanal übertrug er live für Echo 91.4 — die Stimmen eines Widerstands, der trotz aller Repression niemals verstummen würde. Die Melodie stieg an: Ein Lied, das längst verboten war — eine Vertonung von „Die Gedanken sind frei". Die Menge sang leise mit, manche flüsterten, viele mit Tränen in den Augen.

Georg stand am Rand, beobachtete, wie Jugendliche ihre Verbundenheit durch Musik zeigten, eine Sprache, die selbst das härteste Regime nicht brechen konnte.

Die Verhaftungen

Plötzlich durchbrachen schwere Stiefel die Stille. Staatskräfte stürmten das Gebäude, zerstreuten die Menschen, rissen Mikrofone vom Tisch. Mohamed wurde gepackt, riss sich los, rannte durch den Hinterausgang in die kalte Nacht. „Georg!" rief er. Doch Georg war schon von zwei Beamten umzingelt.

Die Verhaftungen folgten schnell. Über 200 Jugendliche wurden in Gewahrsam genommen, viele für Tage, einige für Wochen.

Kanzlerin Liebeschals' Machtwort

Im Kanzleramt bereitete Kanzlerin Liebeschals ihre Antwort vor – kalt, berechnend, unbarmherzig.

„Die Republik befindet sich im kulturellen Notstand. Jeder Versuch, die nationale Einigung durch subversive Aktionen zu stören, wird mit aller Härte des Gesetzes verfolgt."

Sie verbot jegliche Versammlungen über fünf Personen, schränkte Internetzugänge weiter ein und installierte neue Überwachungssoftware – ‚PatriaNet'.

Rückblende: Georgs Jugend

In der Zelle, allein, dachte Georg zurück. An seine Kindheit in den 90ern, an seinen Vater, der ihm Geschichten vom Nationalsozialismus erzählte. Geschichten von Mut und Verrat.

„Du musst die Wahrheit halten, Georg. Denn die Mächtigen wollen sie dir rauben. Aber das Gedächtnis, mein Sohn, ist stärker als jede Macht." Diese Worte hallten heute lauter denn je.

Linus' Buch – Ein Hoffnungsfunke

Währenddessen saß Linus in Prag an seinem Schreibtisch. Sein Manuskript wuchs mit jedem Tag: „Wir, die ihr euch erinnert" War kein gewöhnliches Buch. Es war ein Archiv aus Briefen, Liedern, Gedichten – der Stimmen einer unterdrückten Generation. Seine Hoffnung: „Wenn sie uns zum Schweigen bringen, sprechen wir durch die Worte derer, die uns folgen."

Die neue Bewegung

Überall in Europa regte sich Widerstand. Studenten in Paris, Lehrer in Warschau, Musiker in Wien – sie alle hörten die Signale von Echo 91.4 und den geheimen Konzerten. Ein unsichtbares Netz spann sich über die Grenzen, getragen von Musik, Literatur und dem unzerstörbaren Willen zur Wahrheit.

Ein Film machte die Runde. Im Hof der Haftanstalt Leipzig, wo Georg und Mohamed festgehalten wurden, zündete ein unbekannter Wärter heimlich eine kleine Kerze an. „Für die Stimmen, die man nicht zum Schweigen bringen kann." Die Kamera zog sich zurück. Der Wind trug das Licht davon.

Kapitel 24: Schatten über der Freiheit

Berlin, Januar 2032

Der Winter war hart. Nicht nur wegen der klirrenden Kälte, sondern wegen der eisigen Umklammerung, die das Land immer mehr lähmte.

Die NAF und der neue „Reichsrat"

Im Reichstagsgebäude, das inzwischen durch schwere Stahlzäune von der Öffentlichkeit abgeriegelt war, saß Kanzlerin Adelheit W. Liebeschals inmitten ihres neuen „Reichsrates" – einem Gremium aus radikalen Hardlinern und ehemaligen Funktionären.

Dr. Jonathan Kall präsentierte die neuesten Verordnungen:

„§1: Verbot aller Versammlungen über zwei Personen, die nicht durch das „Heimatministerium" genehmigt wurden."

„§4: Einführung der Pflicht zur „Volks-Registrierung" mittels biometrischer Daten."

„§7: Neubewertung von Medieninhalten – alle Veröffentlichungen müssen dem „Narrativ der nationalen Erneuerung" entsprechen."

Liebeschals nickte kalt: „Diese Gesetze bringen Ordnung. Wer sie bricht, wird wie ein Staatsfeind behandelt."

Die Parallelen zu 1933

Im geheimen Gespräch mit ihrem engsten Berater sprach Adelheit W. über die Geschichte: „Wir lernen aus der Vergangenheit, aber wir wiederholen sie nicht. Wir führen Deutschland zurück zur Größe, ohne die Fehler der alten Zeit." Doch inoffiziell benutzte sie bewusst Symbole und Sprache, die subtil an die NS-Zeit erinnerten – um Loyalität und Schrecken zu vereinen.

Georg und Mohamed – Der Kerker und das Vermächtnis

Die beiden Freunde waren in ein Hochsicherheitsgefängnis in der Nähe von Leipzig gebracht worden. Georg, in den kalten Nächten, flüsterte Mohamed oft die alten Geschichten zu: „Mein Großvater war im Widerstand gegen Hitler. Er sagte: ‚Wenn man die Wahrheit verliert, verliert man die Seele.'" Mohamed hielt seinen Arm fest: „Wir sind nicht allein. Und wir dürfen nicht verzagen."

Neue Figuren im Widerstand

Unter den Gefangenen wuchs eine Gemeinschaft.

Da war:

- Anna Müller, 34, ehemalige Lehrerin, die heimlich Unterricht über Demokratie gab, trotz Verbot.

- Jürgen Vogel, 52, Ex-Polizist, der die Gewalt der neuen Ordnung nicht mehr mittragen wollte.

- Sofia Petrova, 27, aus Bulgarien, die als Journalistin für verbotene Medien arbeitete und nun als Vermittlerin fungierte.

Gemeinsam schmiedeten sie Pläne. „Wenn wir hier rauskommen, wird das ein neuer Anfang", sagte Anna.

Die schrittweise Erosion des Regimes

Währenddessen wuchs draußen der Druck. Illegale Radiosendungen, geheime Treffen, trotz Überwachung. In kleinen Dörfern wurden Fahnen der „neuen Ordnung" verbrannt. In Städten entrollten Menschen bei Demonstrationen Banner mit Zitaten aus dem Grundgesetz.

Ein mutiges Telegramm

Ein anonymes Telegramm erreichte die Gefängnis-
leitung: „Der Geist des Widerstands lebt. Jede Repression nährt den Aufstand. Wir sind viele. Wir
sind laut. Wir sind das Morgen."

Die Reaktion war brutal: Nächtliche Durchsuchun-
gen, verschärfte Isolationshaft, psychologischer
Druck.

Georgs Hoffnung

In einem besonders dunklen Moment, als die Ver-
zweiflung am größten war, schrieb Georg heimlich
in ein kleines Notizbuch:

„Wir sind das Echo der Vergangenheit und der Ruf
der Zukunft. Sie können uns einsperren, unterdrü-
cken, brechen – aber nie zum Schweigen bringen.
Unsere Geschichte, unsere Menschlichkeit – das ist
unser Schild."

Epilog: Ein Flüstern im Wind

Der Wind trug durch die Straßen Berlins ein leises
Flüstern. Es waren keine Worte, sondern ein Gefühl

– von Aufbruch und Unbeugsamkeit. Ein flackerndes Licht in der Dunkelheit, das immer heller wurde.

Kapitel 25: Das Netz der Freiheit

Berlin, Februar 2032

Der Frost hatte die Stadt weiterhin fest im Griff, doch hinter den Mauern des Regimes begann es zu bröckeln — ganz langsam, aber unaufhaltsam.

Internationale Verflechtungen

Mohamed hatte es geschafft, über einen geheimen Kanal Kontakt zu Aktivistinnen in Paris, Warschau und Prag aufzunehmen. Sie tauschten Informationen aus, schmiedeten gemeinsame Pläne und organisierten koordinierte Aktionen gegen die digitale Zensur. In Paris verbreiteten Künstler Flyer mit dem Slogan: „Freiheit ist kein Verbrechen." In Warschau verteilten Lehrer heimlich Kopien der verbotenen Literatur. In Prag sendete Linus' Stimme über Piratensender Hoffnung in den Äther.

Georgs innerer Kampf

Gefangen im Hochsicherheitsgefängnis, spürte Georg den Druck zermürbend. Die Kälte, die Isolation, die Demütigungen. Aber er fand Kraft in einer unerwarteten Begegnung: Mit einem älteren Mithäftling, Friedrich, der einst als Historiker gearbeitet hatte und über die Parallelen zu 1933 dozierte:

„Sie bauen Mauern mit Angst, Georg. Aber Angst ist ein schlechter Architekt. Freiheit baut Brücken — und die stehen bald."

Die Kanzlerin und der Riss im System

Adelheit Liebeschals spürte, wie die Kontrolle langsam entglitt. Trotz aller Überwachung stiegen die Proteste – heimlich, mutig, lautlos.

In einer Sitzung mit dem Reichsrat erklärte sie: „Wir können nicht ewig in der Defensive bleiben. Die Geschichte zeigt uns, dass brutale Säuberungen ein zweischneidiges Schwert sind. Wir müssen einen neuen Kurs fahren: Kontrolle mit scheinbarer Milde." Doch unter ihren Beratern braute sich Widerstand zusammen — einige warfen ihr vor, zu weich zu sein.

Die jungen Stimmen des Widerstands

In Berlin sammelte sich eine neue Generation: Jugendliche, die im Schatten der Angst aufgewachsen waren, doch das Verlangen nach Freiheit in sich trugen.

Mara, 19, die Graffiti-Künstlerin, deren Bilder nachts die Wände zierten,

Tobias, 22, Informatikstudent, der Netzwerke für sichere Kommunikation baute,

Leila, 20, Studentin mit arabischen Wurzeln, die eine Poetry-Slam-Gruppe leitete.

Sie nannten sich „Die Flammen" und waren bereit, für ihre Zukunft zu kämpfen.

Ein Funken Hoffnung

Eines Nachts, als Georg in seiner Zelle schrieb, hörte er gedämpfte Stimmen. Es war der Beginn einer koordinierten Gefangenenrevolte. Mohamed flüsterte ihm zu: „Wir sind nicht die einzigen, die kämpfen. Sie werden uns hören — laut und klar."

Das brennende Manuskript

In Prag entzündete Linus symbolisch sein erstes gedrucktes Buch – die Seiten vom Wind getragen, doch das Feuer selbst ein Zeichen: „Solange Worte brennen, brennt auch die Freiheit."

Kapitel 26: Risse im Stahl

Berlin & Leipzig, März 2032

Die Straßen waren still. Zu still. Und doch war es die Ruhe vor dem Sturm.

Berlin – Die Macht beginnt zu wanken

Kanzlerin Adelheit Liebeschals stand vor dem Panoramafenster ihres Büros im ehemaligen Reichstagsgebäude. Der Himmel über Berlin war bleiern, das Licht diffus wie das Vertrauen in ihrem Inneren. An der Wand hing ein Gemälde: Eine stilisierte Karte Deutschlands mit dem Titel „Heimat zuerst". Doch ihr Blick blieb an den schwarzen Rissen hängen, die sich durch das Bild zogen – wie ein Omen.

„Frau Kanzlerin", sagte ihr engster Berater, Heinrich Malzer, leise, „die Unruhen in Leipzig, Dresden und Nürnberg erreichen einen neuen Höhepunkt.

Die Grenzüberwachung kann den Zustrom illegaler Sendungen nicht stoppen. Und… es gibt Hinweise, dass innerhalb der Polizei Abweichler agieren."

Liebeschals blieb regungslos. „Dann brauchen wir ein neues Sicherheitsgesetz. Härter. Konsequenter." „Das könnte das System sprengen", warnte Malzer. „Oder es retten", sagte sie kühl.

Leipzig – Die Zelle lebt

Georg und Mohamed saßen wieder in Isolationshaft, doch sie wussten: Die Revolte war entfacht. In Zelle 47 hatte Anna Müller mit zwei Wärtern einen Code vereinbart – beide waren Brüder eines 2025 entlassenen Journalisten, der nun im Untergrund wirkte. Sie schmuggelten Nachrichten in Büchern, Bibeln und doppelseitigen Zahnputzbechern. Botschaften wie: „Der Süden bereitet sich vor." „München steht. Hamburg erwacht." „Die Jugend schweigt nicht mehr."

Rückblick – Wie es begann

In einer Rückblende erinnerte sich Georg an den April 2030, als die NAF nach einem inszenierten Terroranschlag auf einem Berliner Weihnachtsmarkt den Ausnahmezustand ausrief. Damals hatten sie behauptet, die Tat sei „ein symbolischer Angriff auf die deutsche Kultur" gewesen.

Innerhalb von 48 Stunden:

- Das Grundgesetz wurde durch „Notstandsgesetze zur Wiederherstellung der Ordnung" ersetzt.

- Eine „Nationale Medienaufsicht" wurde eingesetzt.

- Politische Gegner – Grüne, Linke, progressive Christdemokraten – wurden verhaftet oder verbannt.

Und dann kam das, was heute als „Digitaler Reichstag" bekannt war – ein vollständig kontrolliertes Parlament ohne Opposition.

Neue Figuren: Die Schatten des Staates

In Berlin arbeitete Jakob Stern, ehemaliger Innenpolitiker, nun getarnt als IT-Berater, an einem gefährlichen Plan: Er wollte PatriaNet, das digitale Überwachungssystem, infiltrieren. Seine Schwester, Rebecca Stern, war Ärztin im „Zentrum für nationale Gesundheit" – dort, wo Regimekritiker oft „verschwanden". Sie sammelte Beweise: Blutwerte, Medikamente, Leichenlisten. „Wir dokumentieren.

Wir sprechen. Und eines Tages – klagt uns niemand an, weil wir geschwiegen hätten."

Die Kanzlerin unter Druck

Kanzlerin Liebeschals geriet nun auch aus den eigenen Reihen unter Beschuss. Ein „Kreis der Alten", ultrarechte Kader aus den 90ern, warf ihr vor, zu „liberal" zu sein. Ihr einstiger Vertrauter Malzer plante im Geheimen ein Misstrauensvotum – ein stiller Staatsstreich. „Deutschland braucht wieder eine Hand aus Eisen, kein Glas. Liebeschals zögert. Wir handeln."

Georgs Hoffnung

In der Nacht, als der Strom kurz ausfiel, hörten sie es wieder: Radio Echo 91.4, auf einer versteckten Frequenz: „Wir sind noch hier. Und wenn ihr zittert, zittert für das Morgen. Denn es wird kommen. Mit aller Kraft. Mit aller Wahrheit."

Georg flüsterte: „Die Lüge stirbt nie laut. Aber die Wahrheit kehrt mit Donner zurück."

Der Schatten von 1933

In einem geheimen Archiv in der Nähe von Weimars KZ-Gedenkstätte wurde ein verborgener Raum entdeckt.

Darin: Tagebücher von Regimekritikern aus der NS-Zeit – und auf einer Notiz der Satz: „Wenn es wieder beginnt, beginnt es nicht mit Stiefeln, sondern mit Stille."

Diese Worte kursierten bald in Flugblättern in deutschen Städten – gedruckt mit alter Schreibmaschinenschrift. Der Kreis schloss sich. Und der Widerstand wuchs.

Kapitel 27: Die Worte, die zu Waffen wurden

Berlin, April 2032

Der Himmel über Berlin war bleiern, aber nicht still. Denn unter der Oberfläche wuchs etwas – wie ein unterirdischer Strom, der irgendwann das Fundament sprengen würde.

Die Verordnung 87/1: Sprache wird Gesetz

Am 2. April erließ die Kanzlerin die sogenannte Verordnung 87/1, die auf einer alten Forderung der NAF basierte:

„Der Islam ist kein Bestandteil Deutschlands."

(Ein Satz, der 2025 ins Grundsatzprogramm aufgenommen wurde.)

In der Umsetzung bedeutete das:

- Arabisch wurde aus dem öffentlichen Raum entfernt.

- Moscheen erhielten Besuchsverbote.

- Lehrer mit muslimischem Hintergrund wurden systematisch überprüft und entlassen.

In einem internen Rundschreiben des „Heimatministeriums" hieß es:

„Die kulturelle Reinheit unseres Landes erfordert eine Rückführung auf die germanische Wertebasis."

Diese Formulierung war fast wortwörtlich übernommen aus einem Parteitagspapier zur „Remigration".

Die Schule der Zucht

In München wurde das „Zentrum für nationale Bildung" eröffnet – eine Internatsform, in der Kinder politisch „geklärt" werden sollten. Basierend auf dem Parteizitat: „Das Konzept von Multikulturalität ist gescheitert." (Grundsatzprogramm 2025)

Eltern mit Migrationshintergrund verloren das Sorgerecht, wenn sie „nicht integrationsfähig" eingestuft wurden. Eine neue „Deutsche Leitkultur-Charta" wurde zur Pflichtlektüre.

Untergrund: Die Stimme von Leila

Leila, Tochter palästinensischer Geflüchteter, veröffentlichte im Exil über einen französischen Server ihre Geschichte. Sie begann so: „Sie haben gesagt: Ihr gehört nicht hierher. Ich sage: Mein Herz schlägt deutsch – aber eure Idee von Deutschland tötet mein Herz."

Ihr Text ging viral – in Polen, in Skandinavien, in Südamerika. In Deutschland wurde allein das Teilen des Links mit zwei Jahren Gefängnis bedroht.

Der innere Riss der Kanzlerin

Adelheit Liebeschals stand unter Druck. Ihre Macht wankte. Doch sie weigerte sich, loszulassen. In einer geheimen Tonaufnahme, die später von Widerständlern geleakt wurde, sagte sie:

„Wir haben es versäumt, den Apparat schneller zu säubern. Die Medien, die Justiz, die Kirchen – sie sind noch durchsetzt. Ich habe nicht vor, wie Merkel in der Geschichte zu verblassen. Ich werde Geschichte schreiben. Auch wenn sie mich hassen."

Widerstand: Das Attentat

Am 19. April explodierte ein Sprengsatz vor dem „Institut für nationale Pressearbeit". Ein Symbol der Zensur – getroffen von einer Untergrundgruppe namens „Morgenröte". Niemand kam zu Schaden – es war ein gezieltes Signal. Mohamed hörte davon durch einen Wärter, der ihm heimlich das Radiotranskript überreichte. Er lächelte schwach: „Sie kämpfen draußen für das, was wir hier verteidigen."

Rückblende: Der Verlust der Demokratie

Georg erinnerte sich an die Wahlabende des Jahres 2028. Er hatte damals, wie alle anderen geglaubt, dass ein Rechtsruck begrenzt sei. Jeder hatte seine eigene Ausrede, ohne über die Folgen nachzudenken, warum er die NAF wählte.

Alle hatten sich aufeinander und die anderen Parteien verlassen. Niemand wollte es kommen sehen. Doch was kam, war ein Erdrutsch.

„Wir werden das Asylrecht streichen", hieß es in den Reden. „Genderideologie ist eine Krankheit, die wir heilen müssen." „Deutsch sein heißt, Blut und Boden zu verteidigen."

Er hatte geglaubt, das wären Worte. Aber Worte wurden Paragrafen. Und Paragrafen wurden Knüppel.

Die Macht droht zu kippen

Im Kanzleramt lieferten sich Malzer und Liebeschals ein geheimes Duell. Er hielt ihr ein Dossier hin: „80.000 Menschen in den Untergrund. Die Medien lassen sich nicht mehr kontrollieren. Und im Osten desertieren die ersten Polizeieinheiten."

Liebeschals antwortete nur: „Dann machen wir den Westen zur Bastion. Wenn nötig, schotten wir Berlin ab."

Hoffnung auf Papier

In Leipzig, im Gefängnis, schmuggelte Rebecca Stern eine alte Abschrift von Sophie Scholls Briefen hinein. Georg las die Zeilen bei schwachem Licht. Sie lauteten: „Steht auf, solange es noch geht." Er schloss die Augen. Und flüsterte: „Wir stehen."

Kapitel 28: Der Punkt ohne Rückkehr

Berlin, Mai 2032

Die Stadt atmete schwer.

Ein wüster Wind fegte über das Regierungsviertel, als würde er versuchen, die Lügen von den Fassaden zu reißen.

Der Untergrund tagt

In einem vergessenen U-Bahn-Schacht unter der Linie U5 versammelten sich Repräsentant*innen der fünf größten Widerstandsnetzwerke.

Die Atmosphäre war angespannt. Gesichter voller Angst – und Hoffnung.

Leila sprach im Namen der Exil-Jugendgruppen.

Jakob Stern präsentierte den neuesten Stand zur digitalen Sabotage.

Mara hatte aus Hamburg Aufzeichnungen über Polizeiüberläufer mitgebracht.

Rebecca Stern übergab einen USB-Stick mit Beweismaterial aus dem "Zentrum für nationale Gesundheit".

Und aus Polen: Kamil, ein junger Diplomat, der eine Nachricht überbrachte.

„Die polnische Regierung will nicht offiziell eingreifen. Aber: Es gibt Logistik, es gibt Schutzräume, es gibt Möglichkeiten. Europa sieht euch." Der Raum schwieg.

Dann sagte Leila: „Wir müssen aufhören, nur zu überleben. Wir müssen anfangen, zu handeln. Laut. Sichtbar. Koordiniert."

Die Kanzlerin vor dem Fall

Im Reichskanzleramt war Liebeschals zunehmend isoliert. Ministerpräsidenten aus NRW und Rheinland-Pfalz drohten mit Austritt aus der föderalen Ordnung, falls Berlin das neue „Stabilitätsgesetz" verabschiedete – eine Maßnahme, die der Bundesregierung erlaubte, "unkooperative Landesregierungen durch Kommissare zu ersetzen". Diese Maßnahme stammte direkt aus der 2029 beschlossenen „Verfassungserneuerung", inspiriert von Artikel 48 der Weimarer Reichsverfassung – demselben Paragrafen, den Hitler 1933 für die Machtergreifung nutzte.

Malzer: „Die Geschichte wiederholt sich nur für die, die sie nie verstanden haben." Liebeschals: „Ich verstehe sie besser als Sie alle. Deshalb fürchte ich sie nicht."

Die Funken in der Nacht

Am 9. Mai erleuchtete ein graues Banner das Brandenburger Tor, projiziert mit Lasertechnik aus einem fahrenden Lieferwagen: „Es reicht. Deutschland ist nicht euer Gefängnis." Minuten später explodierten in sieben Städten gleichzeitig Störsender, die das Netzwerk „PatriaNet" lahmlegten. Die Nachrichtenströme, die das Regime täglich verbreitete – tot.

Stattdessen erschienen auf den Bildschirmen alte Aufnahmen von Sophie Scholl, Bonhoeffer, Hannah Arendt. Dazu ein Text in weißer Schrift: „Wer die

Vergangenheit kennt, erkennt den Verrat in der Gegenwart."

Rückblende: Liebeschals´s Werdegang

Liebeschals, einst aus Österreich zurückgekehrt, hatte sich in der NAF als „bürgerliche Stimme mit harter Hand" positioniert. Sie sagte 2021: „Wir wollen keine multikulturelle Gesellschaft in Deutschland." Und 2022: „Kopftuchmädchen, alimentierte Messerträger und alle anderen nutzlosen Parasiten werden unseren scheinbaren Wohlstand niemals sichern oder bewahren. Sie sind nur Ballast in einer zerfallenden Gesellschaft, die sich selbst zugrunde richtet."

Diese Zitate wurden im Jahr 2029 zur Staatsdoktrin erklärt – unter dem „Kulturintegritätsgesetz".

Jetzt fielen sie auf sie zurück: Internationale Presse zitierte sie wörtlich. Menschenrechtsorganisationen riefen Sanktionen aus.

Im Untergrund wächst der Mut

Mohamed erhielt einen Brief. Kein offizieller – handgeschrieben, gefaltet in einem Kanten von Seife: „Ich bin hier. Ich war Wärter. Jetzt bin ich

Mensch. Wenn es losgeht, öffne ich die Tür." Darunter: nur ein Name. Jonas.

Mohamed flüsterte zu Georg: „Sie haben ihre Macht mit Angst gebaut. Aber Angst weicht, wenn du ihr ins Gesicht lachst."

Die Stunde des Umbruchs

In einer Sondersitzung der NAF-Fraktion rief Malzer den „Notstand im Kanzleramt" aus. Ein Misstrauensvotum wurde vorbereitet. Liebeschals weigerte sich, zurückzutreten.

Doch draußen, in der Stadt, brannten wieder Kerzen auf Fenstersimsen. Schüler*innen trugen weiße Armbinden – ein stilles Symbol des Widerstands. Straßenbahnen fuhren mit Graffiti-Aufschriften wie: „Worte töten, wenn Schweigen folgt." Und in einem Café in Prenzlauer Berg stand ein alter Mann auf und sprach laut: „Ich war 13, als Hitler fiel. Ich hätte nie gedacht, dass ich es wieder erleben muss. Aber diesmal schweige ich nicht."

Der Anfang vom Ende?

Ein geheimes Treffen zwischen EU-Vertretern und Exiloppositionellen in Straßburg zeichnete ein düsteres Bild – aber auch Hoffnung: „Wir sehen den

Schmerz. Wir sehen den Mut. Deutschland ist nicht verloren."

Und an der Wand eines Leipziger Hauses erschien über Nacht ein Satz, geschmuggelt von Rebecca Stern: „Wir sind das wahre Deutschland – menschlich, frei, unzerstörbar."

Kapitel 29: Schatten über Berlin

Berlin, 22. Mai 2032

Die Stadt bebte. Aber nicht vor Jubel – sondern unter der Last der Angst, die endlich zu reißen begann.

Das neue „Ermächtigungsgesetz"

Die NAF-Regierung verkündete unter dem Deckmantel der „inneren Sicherheit" das Nationale Schutzgesetz 2/2032 – eine Direktive, die das Parlament für sechs Monate entmachtete. Sie wurde in eiligen Nachtsitzungen durchgewunken – mit der Mehrheit der NAF und einiger rechtsextremer Splitterparteien.

Zitat aus dem Gesetzestext:

„Die Bundesregierung ist zur Erhaltung der kulturellen Identität des deutschen Volkes befugt, temporär legislative und exekutive Maßnahmen zu vereinen."

Dieses Gesetz war die Wiedergeburt des historischen Ermächtigungsgesetzes von 1933 – ein letzter Vorhang, der die Diktatur nun offen sichtbar machte.

Zitat aus der Vergangenheit, das Wirklichkeit wurde

Adelheit Liebeschals hatte Jahre zuvor gesagt:

„Wir werden jagen, ohne Gnade. Unser Land und unser Volk werden wir zurückerobern, koste es, was es wolle. Niemand wird uns aufhalten können, denn wir sind die Kraft, die alles wieder in Ordnung bringt." (Liebeschals, Bundestagsrede 2021)

Nun wurde das zur Realität:

- Verhaftungen oppositioneller Abgeordneter.

- Hausdurchsuchungen bei „systemkritischen" Professor*innen.

- Die „Volksmedienkommission" verbot acht große Onlineplattformen – darunter internationale Seiten wie Wikipedia, Amnesty.de, Reporter ohne Grenzen.

Der Widerstand rückt zusammen

Im Untergrundbahnhof Klosterstraße tagte der engste Kreis des Widerstands. Rebecca, Jakob, Leila, Mara und Kamil – müde, wach, entschlossen. „Wir müssen Mohamed und Georg da rausholen", sagte Leila. „Nicht nur aus Menschlichkeit. Sie sind Symbole. Und Symbole verändern Welten." Jakob öffnete eine Karte des Gefängnisses von Leipzig-Ost. „Wir haben einen Kontakt: Jonas. Wärter, Überläufer. Wenn wir den Strom kappen, öffnet er Flur D-7. Danach haben wir vier Minuten, bis die Reserve reagiert." Rebecca nickte. Ihre Stimme bebte nicht: „Dann holen wir sie. Für sie. Für uns. Für das Land."

Rückblende: Die Bücherverbrennung

Georg erinnerte sich an die Szene, die er nie vergessen würde. Ein Platz in Dresden. Kinder in Schuluniformen. Ein Lehrer, der rief: „Weg mit dem Schmutz der fremden Weltbilder! Für ein reines deutsches Herz!"

Und dann: Flammen. Ein Werk Hannah Arendts, ein Gedichtband von Mahmoud Darwisch, ein Roman von Olga Tokarczuk. Alle brannten. „Das hatten wir schon einmal", flüsterte Georg. „Damals hießen sie SS. Heute nennen sie sich Hüter der Ordnung."

Innerparteilicher Zerfall

Malzer organisierte im Geheimen ein Treffen mit führenden Militärs. Er fürchtete Liebeschals' Kontrollverlust – und liebäugelte offen mit einer Notstandsregierung unter seiner Führung. „Wir müssen das Projekt retten – auch wenn wir die Führerin ersetzen." Ein General antwortete: „Wir folgen nicht einer Person. Wir folgen der Ordnung. Wenn sie zur Schwäche wird – dann handeln wir."

Liebeschals spürte es. In ihrer Privatsuite diktierte sie in ihr Aufnahmegerät: „Sie glauben, ich bin Geschichte. Aber ich bin das Erwachen eines Volkes. Ich bin das, was Merkel nie wagte. Sie werden mich fürchten, oder sie werden mich lieben. Dazwischen gibt es nichts."

Der Plan zur Befreiung

In Leipzig setzte sich der Plan in Bewegung. Ein umgebauter Versorgungswagen fuhr mit gestohlenen Papieren durch das Nordtor. Kamil war am Steuer. Leila saß hinten. Ihr Herz schlug wie eine Trommel. Im Inneren: Gasgranaten, Störsender,

Fluchtausrüstung. Und ein alter Satz von Georg in ihrem Kopf: „Widerstand beginnt mit der Entscheidung, nicht mehr mitzulaufen."

Der Moment

21:37 Uhr.

Stromausfall. Die Sirenen schrien. Türen sprangen auf. Jonas rief: „Flur D-7! Jetzt!" Georg lief. Mohamed hinter ihm. Leila rannte ihnen entgegen. Zum ersten Mal nach zwei Jahren: eine Umarmung. Mohamed: „Du bist echt." Leila: „Ihr auch." Dann – Schüsse. Wachleute. Kampf. Chaos. Aber sie entkamen. Durch einen alten Fluchttunnel aus DDR-Zeiten. Raus – in den dunklen Wald. Raus – in eine brennende Welt.

Worte in Flammen

Am nächsten Morgen zeigte ein geleaktes Video die Kanzlerin Liebeschals. Sie saß still. Ein Fernseher lief im Hintergrund. Die Nachricht: „Gefängnisausbruch. Regierung schweigt. Erste NAF-Funktionäre treten zurück." Ihr Gesicht veränderte sich nicht. Aber ihre Stimme war leise: „Dann beginnt es jetzt."

Kapitel 30: Der geteilte Spiegel

Deutschland, Juni 2032

Die Mauer stand nicht mehr aus Beton. Sie war aus Angst gebaut – und aus Wut. Doch wie jede Mauer begann, sie an den Rissen zu brechen.

Die Spaltung der Partei

Nach dem Gefängnisausbruch von Georg und Mohamed zerfiel die NAF nicht sofort – aber sie zersetzte sich von innen.

Innenministerin Jessica R., ehemals glühende Liebeschals-Anhängerin, distanzierte sich öffentlich: „Die Maßnahmen der letzten Monate sind nicht mehr konservativ. Sie sind totalitär. Ich habe lange geschwiegen. Zu lange."

Am Tag darauf trat Klaus T., Vorsitzender des Ausschusses für nationale Bildung, zurück. Sein Statement: „Ich habe geglaubt, ich verteidige Deutschland. Aber ich war Komplize bei seiner Verformung."

Im Bundestag flogen Fäuste. Im Kanzleramt wurde das interne Intranet abgeschaltet – aus Angst vor weiteren Leaks.

Fluchtbewegungen im Inneren

Die Wiederstandszellen nutzten die Verwirrung. Eine „Schattenroute" wurde aufgebaut: ein Netzwerk aus Klöstern, leerstehenden Museen und Unterführungen der alten Reichsbahn. Dort – still und heimlich – wurden Familien versteckt: Muslime, Trans-Menschen, queere Paare, Intellektuelle, ehemalige Grünen- und SPD-Politiker, Journalisten, Autorinnen, Pfarrer. Ein Knotenpunkt war die Abtei Maria Licht, irgendwo im Taunus. Die Äbtissin, Schwester Irmengard, sagte: „Ich habe 1943 gesehen, wie Kinder mit dem Zug fuhren und nicht zurückkamen. Ich werde diesmal nicht nur beten. Ich werde handeln."

Rückblende: Mohamed im Wald

Nach der Flucht lebten Georg, Mohamed, Leila und Jakob für Wochen in einem Forsthaus. Es roch nach nassem Moos und alter Zeit. Mohamed fand dort einen verstaubten Koffer mit Tagebüchern aus dem Jahr 1941. Sie stammten von Daniel Goldstein, einem jungen Jüdischen Widerstandskämpfer aus Frankfurt. Mohamed las laut: „Ich weiß nicht, ob wir überleben. Aber ich weiß, dass man stirbt, wenn man schweigt." Er schloss das Buch. Tränen liefen über sein Gesicht. Georg legte ihm die Hand auf die

Schulter. „Und wir leben, weil er nicht geschwiegen hat."

Internationale Isolation

Die EU fror sämtliche Verträge mit Deutschland ein. Frankreich rief seine Botschaft zurück. Die USA setzten Sanktionen gegen Mitglieder des Liebeschals-Kabinetts in Kraft. UNESCO erklärte den Zustand der deutschen Kulturpolitik „alarmierend" – wegen der Zensur von Literatur, Theater und Wissenschaft.

Der französische Präsident Dubois sagte in einer Rede: „Was in Berlin geschieht, ist kein deutsches Problem. Es ist ein menschliches Drama. Wer jetzt wegsieht, macht sich mitschuldig an der nächsten Tragödie Europas."

Der Widerstand gewinnt neue Stimmen

In Erfurt nahm der Pfarrer Jens Wöllner zum ersten Mal das Wort auf der Kanzel: „Wenn Gesetze Menschen entwürdigen, ist Ungehorsam ein Gebot Gottes." In Köln gründeten sich die „Weißen Stimmen" – ein loser Bund aus ehemaligen Verwaltungsbeamten, die mit Akten, Informationen und Ressourcen halfen. Eine dieser Stimmen war Anna Fromm, einst Leiterin eines Gesundheitsamtes: „Ich habe Wochen lang Menschen mit falschen Diagnosen weggesperrt. Ich habe die Listen gesehen. Ich habe geschwiegen. Jetzt schreie ich."

Der Aufruf

In einem versteckten Tonstudio, gebaut in den alten Hallen eines Theaters, nahmen Georg und Leila eine Botschaft auf. Sie wurde auf hundert USB-Sticks gespeichert und über stillgelegte Drohnen in Städte abgeworfen.

Georg sprach ruhig: „Wir leben noch. Wir erinnern uns. Ihr seid nicht allein. Dies ist nicht das Ende – es ist der Anfang der Rückkehr zu einem Land, das wir lieben, weil es menschlich war. Hört nicht auf, zu träumen. Aber steht auf. Jetzt."

Kapitel 31: Erinnerung aus Beton

Berlin, Juli 2032

Die Sonne über Berlin war bleich und stumm geworden. Als hätte selbst das Licht Angst, auf dieses Land zu scheinen.

Rückblick: Das große Verschwinden

Es begann in den ersten Monaten nach der Wahl 2029. Zuerst verschwanden Menschen unauffällig: Gewerkschafterinnen. Lehrerinnen, die „gender-ideologisch" unterrichteten. Stadträte, die sich gegen die NAF stellten. Jörg Merten, damals Vorsitzender der IG Metall in Duisburg, wurde 2029 zuletzt gesehen, als er seine Tochter zur Schule brachte. Am Tag danach erklärte das Innenministerium: „Merten hat sich ins Ausland abgesetzt. Weitere Ermittlungen laufen." Niemand fand ihn je.

Heute weiß man: Er starb im Lager Neuburg-Mitte, einem ehemaligen Truppenübungsplatz, der 2029 in ein Arbeitslager umfunktioniert wurde – „zur Reintegration volksfeindlicher Elemente", wie es das Ministerium nannte.

Die Lager

In Sachsen, Brandenburg, Mecklenburg – alte Kasernen wurden reaktiviert. Offiziell: Ausbildungszentren für „arbeitsscheue Elemente und integrationsunwillige Personen". Tatsächlich: Zwangsarbeit, Gewalt, psychologischer Terror.

Lager Schwarzwasser, Nähe Hoyerswerda: Über 800 Insassen und Insassinnen, Bau von Munitionsdepots und technischen Anlagen, Entzug jeglicher Außenkontakte, „Umerziehungsprogramm" mit täglichen Bekenntnissen zur „wahren deutschen Identität"

Ein Insasse, später geflohen, beschrieb es so: „Du wachst auf und weißt nicht mehr, wer du bist. Du darfst deinen Namen nicht sagen, nur die Nummer. Und irgendwann, wenn du allein bist, flüsterst du ihn heimlich – nur damit du weißt, dass du noch existierst."

In der Gegenwart: Die Straßen brodeln

In Leipzig und Hamburg fanden sich tausende Menschen zusammen – trotz Demonstrationsverbots. Sie trugen keine Plakate. Nur eine einfache Binde aus weißem Stoff, auf dem stand: „Ich erinnere mich." Die Polizei rückte mit gepanzerten Fahrzeugen an. In Berlin Charlottenburg kam es zu einem ersten offenen Gefecht: Aufständische schleuderten Rauchgranaten, Barrikaden brannten, eine Statue von Adelheit Liebeschals wurde mit schwarzer Farbe übergossen. Ein Mann rief in die Menge: „Dies ist nicht mehr unser Land! Aber es wird wieder unseres sein – wenn wir wieder für andere stehen!"

Die Kanzlerin vor dem Volksparlament

Liebeschals trat vor das gleichgeschaltete Volksparlament, in einer goldverzierten Halle – erbaut im ehemaligen Humboldt-Forum, das inzwischen „Haus der nationalen Einheit" hieß.

Ihre Rede, gestreamt über alle Kanäle:

„Wir stehen vor einem Endkampf gegen das zersetzende Gift der Feigheit, der Globalisten, der Feinde des Volkes. Deutschland ist kein bunter Basar der Vielfalt. Deutschland ist das Bollwerk Europas. Wer sich dagegen stellt, wählt den Untergang."

Ein tosender Applaus – erzwungen, robotisch. Aber draußen, auf den Dächern, lauschten andere – leise, aber mit wachsendem Mut.

Jakob fällt

Während einer Mission zur Befreiung von Kindern aus einem Übergangslager bei Bautzen wurde Jakob entdeckt. Er stellte sich vor die Fliehenden, um sie zu decken. Eine Kugel traf ihn in den Rücken. Er starb in Leilas Armen. Seine letzten Worte: „Mach, dass es weitergeht. Bitte… lass mich nicht… umsonst gewesen sein."

Leila vergrub ihn im Wald, unter einem Ahornbaum. Mohamed stellte ein Kreuz aus zwei alten

Latten auf. Kein Name. Nur ein Wort, in die Rinde geritzt: „Mensch."

Die neue Stimme

Georg saß später an einem geheimen Aufnahmegerät. Er sprach mit rauer, gebrochener Stimme: „Ihr habt unsere Freunde genommen.

Ihr habt unsere Stimmen zum Schweigen bringen wollen. Aber ihr habt uns zu einem Chor gemacht. Und dieser Chor wird singen – bis ihr hört, was ihr nicht hören wollt. Es beginnt jetzt."

Kapitel 32: Das Gesetz der Angst

Berlin, 3. August 2032

Am Morgen lag über der Stadt ein metallischer Dunst. Ein Hauch von Verrostung und Rauch. Der Geruch einer Regierung, die alles verloren hatte – außer ihrer Gewalt.

Die Verabschiedung des „Notstandsgesetzes für Innere Sicherheit"

Im vollbesetzten „Volksparlament", abgeschirmt von schwer bewaffneten Spezialeinheiten der Neuen Nationalgarde, wurde das Gesetz in einer einzigen Sitzung durchgewunken. Kein Abgeordneter wagte Widerspruch.

Artikel 1: Alle staatsfeindlichen Äußerungen, auch in digitalen Räumen, können mit bis zu 15 Jahren Arbeitsdienst geahndet werden.

Artikel 3: Die Polizei ist befugt, Wohnungen ohne richterliche Anordnung zu durchsuchen.

Artikel 5: Die Wiedereinführung der „Staatsschutzhaft" zur vorbeugenden Internierung von sogenannten Unruheträgern.

Artikel 7: Alle Medienschaffenden müssen einen Treueeid auf die Kanzlerin leisten.

Kanzlerin Liebeschals: „Wir führen Deutschland zurück zu Ordnung, Stolz und innerer Reinheit. Diejenigen, die dies nicht mittragen, werden es spüren."

Die Parallelen zum Ermächtigungsgesetz von 1933 waren in jeder Zeile spürbar. Doch diesmal trugen die Paragrafen das Gewand der „digitalen Sicherheit" und „ethnokulturellen Souveränität" – Worte, die sauber klangen und doch blutig gemeint waren.

Die Schattenseite: Verhaftungen und Lagertransporte

Noch in derselben Nacht wurden 2.300 Menschen in ganz Deutschland verhaftet. Unter ihnen: Der Liedermacher Falko Wendt, dessen antifaschistische Ballade „Der Fluss bleibt frei" viral gegangen war, die Journalistin Emine Yilmaz, die Berichte über Kindesmisshandlungen in den Umerziehungslagern veröffentlichte, drei ehemalige Bundestagsabgeordnete der SPD, die versuchten, Asyl in der tschechischen Botschaft zu erhalten.

Transporte in geschlossenen LKWs fuhren über Nacht Richtung Osten. Lager Schwarzwasser, Heidebruch, Trift 12 – Namen, die in Flüstern weitergegeben wurden. Orte, von denen es keine Bilder gab. Nur Schreie im Gedächtnis derer, die entkamen.

Der Untergrund: Die „Graue Hand"

In Paris, Warschau und Zürich trafen sich Menschen, die nie geglaubt hatten, dass Geschichte sich wiederholen würde – und nun nicht mehr schweigen konnten. Die „Graue Hand" war ein loses, aber wachsendes Netzwerk aus Historikerinnen, Exiljournalistinnen, ehemaligen Verfassungsschützern und jungen Aktivisten und Aktivistinnen.

Ihr Ziel: Archivierung aller Beweise über das Regime, Unterstützung von Fluchtrouten, Entlarvung der internationalen Geldflüsse zur NAF, Aufbau eines freien Radiosenders: „Stimme der Erinnerung" Eine zentrale Figur wurde Dr. Esther Wachs, Holocaust-Forscherin, deren Familie 1944 Auschwitz überlebte. Sie sagte in einem Video: „Meine Großmutter sagte immer: Wenn ihr es wieder riecht, bevor ihr es seht, dann seid zu spät. Ich rieche es jetzt. Deshalb rede ich."

Hoffnung in Paris

Der französische Senat verabschiedete eine Resolution: „Solidarität mit dem unterdrückten Deutschland." Frankreich gewährte politisches Asyl für über 15.000 Geflüchtete. Eine Sonderzone am Rande von Lyon wurde eingerichtet – „Neues Deutschland" genannt – wo Exilierte sich selbst verwalten durften. Ein junger Deutscher, Luis König, gründete dort mit anderen den ersten freien Nachrichtensender seit 2026. Sein Eröffnungswort: „Wir senden nicht gegen Deutschland. Wir senden für ein Deutschland, das wir wieder verdienen wollen."

Ein Ton, der zerschellt

In einem ehemaligen Glockenturm bei Fulda verbargen sich Leila, Mohamed und Georg. Ein altes Funkgerät knackte. Die erste Übertragung der „Stimme der Erinnerung" durchbrach das Knarren der Stille: „Hier spricht die Wahrheit. Hier sprechen jene, die ihr nicht hört, weil ihr gelernt habt zu schweigen. Deutschland lebt. Nicht das Deutschland der Uniformen. Sondern das der Umarmung. Bleibt. Widersteht. Erzählt euch weiter." Mohamed hob den Kopf. In seinen Augen kein Feuer. Nur Licht.

Kapitel 33: Der Rat im Schatten

Passau, ein ehemaliges Benediktinerkloster. 12. August 2032.

Die Glocke war lange verstummt. Doch in dieser Nacht hallte sie ein letztes Mal – dreimal, leise und gedämpft. Es war das Zeichen. Sie kamen aus allen Richtungen: versteckt, vorsichtig, gebückt.

Das geheime Treffen

Das Refektorium roch nach altem Holz, Staub und Furcht. Kerzen flackerten. An der Wand hing noch ein verblichenes Kruzifix. Acht Menschen saßen im Halbkreis. Unter ihnen: Annalena Baerbock, ehemals Außenministerin, im französischen Exil untergetaucht, jetzt zurück im Untergrund, Helge Meinhardt, CDU, vor zwei Jahren verhaftet, jetzt aus dem Lager Schwarzwasser geflohen, Ilayda Yildiz, Sozialarbeiterin und Sprecherin der Jugendbewegung „Stiller Schrei". Sie waren zerschunden, gezeichnet – aber wach. Annalena sprach zuerst: „Wenn wir nicht jetzt Strukturen schaffen, verlieren wir auch die Hoffnung. Wir brauchen Koordination. Wir brauchen einen Rat." Helge nickte, die Stirn voller Narben: „Und wir brauchen Geschichten. Namen. Gesichter. Erinnerung. Denn das ist es, was sie uns nehmen wollen – unser Gedächtnis." So wurde in jener Nacht der „Rat der Erinnerung" gegründet – nicht mit Waffen, sondern mit Worten, mit Netzen, mit dem Willen, nicht zu vergessen.

Rückblende: Die systematische Propaganda

Im Kanzleramt, Berlin.

Adelheit Liebeschals ließ ihre Berater um den großen Tisch versammeln. Neben ihr: Erich Marder, ehemaliger Journalist, jetzt Chefpropagandist. Und Eva Rösner, einst Historikerin, nun Leiterin der „Nationalen Medienagentur". An der Wand lief eine Videopräsentation: brennende Autos, vermummte Gestalten, verwackelte Szenen. Marder sagte: „Das zeigen wir überall. Wir nennen sie die 'Krebsgeschwüre der Gesellschaft'. Wir nennen sie nicht mehr 'Menschen'. Wir nennen sie 'Unrein'." Liebeschals lehnte sich zurück. „Wir kämpfen keinen Krieg mit Panzern. Wir kämpfen mit Bildern. Und Bildern glauben sie mehr als sich selbst."

Ein neues Gesetz trat in Kraft:

„Verordnung zur Wahrheitswahrung im öffentlichen Raum"

– erlaubt die Verhaftung bei „bewusst irreführender Darstellung historischer Tatsachen"

– verbietet die Verwendung von Begriffen wie „Faschismus", „Lager" oder „Diktatur" im Zusammenhang mit dem Staat

In Leipzig: Kinder von Eltern getrennt

In der Schule von Connewitz wurden 14 Kinder „vorsorglich" aus ihren Familien geholt. Begründung: Die Eltern „erziehen staatskritisch" und „vermitteln systemfeindliche Moralvorstellungen". Georgs Kontakt, die Lehrerin Sina Bolz, beobachtete den Abtransport heimlich: „Sie schrien nicht. Es war schlimmer. Sie sahen uns an, als wollten sie sagen: Ich weiß, dass ihr wisst – und dass ihr nichts tut."

Sina wurde drei Tage später verhaftet. Ihr letztes Signal an den Untergrund war ein Zitat von Primo Levi: „Es ist geschehen, und folglich kann es wieder geschehen."

In den Schatten: Leila, Mohamed und Georg

Sie hatten den Funkkontakt zur „Stimme der Erinnerung" halten können – heimlich, über eine Leitung, die über Polen lief. In einem alten Waschhaus hörten sie die Stimme von Ilayda Yildiz: „Wir erzählen nicht, um euch zu unterhalten. Wir erzählen, damit ihr weiterlebt. Ihr seid nicht allein. Wir sehen euch. Bleibt."

Georg schloss die Augen. Mohameds Hand lag auf seinem Arm. Leilas Gesicht war von Tränen gezeichnet. „Und wenn wir nicht mehr sehen können?", flüsterte Mohamed. „Dann", sagte Leila, „werden wir fühlen."

Epilog dieser Nacht

Ein geheimes Dokument aus dem Inneren des Regimes, geleakt durch einen übergelaufenen Techniker, enthüllte: „Operation Morgenstille" – ein Plan zur vollständigen Auslöschung aller bekannten Widerstandszellen binnen sechs Monaten. Die Datei endete mit dem Satz: „Kein Feuer bleibt unentdeckt. Keine Stimme ungehört – bevor sie verstummt." Doch da war es schon zu spät. Das Feuer war da. Nicht in Gebäuden – sondern in Menschen.

Kapitel 34: Morgenstille

Alpenvorland, südlich von Berchtesgaden. 3. September 2032.

Es war nicht der Morgen, der still war. Es war das Land. Der Himmel war grau, der Tau lag schwer auf den Feldern. Die Geräusche der Welt – eingefroren. Nur in der Ferne: das Knattern von Drohnen. Und dann das erste Geräusch, das alle Hoffnung zerschneiden konnte – der metallische Klick eines GPS-Suchers.

Der Beginn von „Operation Morgenstille"

Berlin, Kanzleramt.

Eva Rösner überreichte Kanzlerin Liebeschals die finale Lagekarte. Deutschland war unterteilt in rote Sektoren (bekannte Widerstandszellen), gelbe Zonen (vermutete Unterstützung), grüne Bereiche (als „ideologisch gesichert" eingestuft). Liebeschals: „Beginnen Sie in den roten Zonen. Jeder Funke muss gelöscht werden, bevor er zum Flächenbrand wird." Die Befehlskette lief über die neu gegründete „Staatswächtereinheit 17" – eine paramilitärische Formation aus Ex-Soldaten, Polizisten, Neonazis und freiwilligen „Reinigern". In der offiziellen Presse wurde die Operation als „Sicherheitsmaßnahme gegen terroristische Netzwerke" verkauft. Doch im Untergrund wusste man: Es ging um Auslöschung.

Die Flucht über den Grat

Georg, Mohamed und Leila hatten ihren letzten Unterschlupf verloren. Die kleine Werkstatt in Bad Tölz, in der sie sich versteckt hatten, war abgebrannt – gezielt in Brand gesteckt. Sie rannten durch die Wälder, trugen ihre Rucksäcke voller Daten, Listen, Namen – Beweise für das, was war. In einer Berghütte, verfallen und vergessen, kauerten sie eng beieinander. Draußen fielen erste Schneeflocken. Es war zu früh für Schnee. Ein schlechtes Omen. Mohamed: „Wenn sie uns hier finden, dann…" Georg: „Dann stirbt vielleicht unser Körper. Aber nicht unsere Geschichte." Leila: „Dann leben wir in den anderen weiter." Sie wussten: Ihre einzige Chance war Zürich. Dort sollte ein Kontaktmann der „Grauen Hand" warten – ein ehemaliger Diplomat. Aber sie wussten auch: Der Grenzübertritt war Selbstmord mit offenen Augen.

Der Funke in Zürich

In Zürich versammelten sich unter strengster Geheimhaltung Vertreter aus Frankreich, den Niederlanden, der Schweiz, Polen, Spanien und Kanada – erstmals seit 2025. Die Konferenz trug den Codenamen: „Schattenlicht"

Themen waren insbesondere: Aufbau eines digitalen Exil-Parlaments, Anerkennung der Regierung Liebeschals als illegitim, Sanktionen gegen deutsche Waffen- und Medientransfers, Internationale Flüchtlingskorridore für Dissidenten und Dissidentinnen

Dr. Esther Wachs, Initiatorin der „Grauen Hand", hielt eine flammende Rede: „Wir können nicht länger Zuschauer sein. Wir wissen, was es heißt zu schweigen. Die Geschichte bittet uns ein zweites Mal – und diesmal dürfen wir nicht versagen."

Die Konferenz wurde durch ein geleaktes Video unterbrochen. Ein Drohnenüberflug über Lager Trift 12. Käfige. Kinder. Zwangsarbeit. Tonlose Schreie.

In Europa herrschte zwei Minuten lang Stille. Dann rief Kanada offiziell seinen Botschafter aus Berlin zurück. Österreich entzog Frau Liebeschals die private Aufenthaltsberechtigung und das private Wohnrecht in Österreich. Diplomatisch hieß es, dass eine deutsche Bundeskanzlerin wohl ihren ausschließlichen Wohnsitz in Deutschland hätte. Natürlich sei ein angemeldeter, ausschließlich diplomatischer Besuch, mit fester Terminkette möglich.

Es war der Anfang einer neuen, internationalen Front.

Ein Zweifel im Kanzleramt

Tobias Falk, stellvertretender Innenminister, war lange ein stiller Mitläufer gewesen. Sein Vater war 1944 als Kind aus Berlin geflohen. Seine Großmutter hatte ihm Geschichten erzählt – von Sirenen, von Verschleppungen, von dem Tag, an dem ihr jüdischer Nachbar „verschwand". Als Tobias in einer geheimen Besprechung die Pläne für den „digitalen Volksfilter" sah – ein Programm zur algorithmischen Sortierung „ideologisch abweichender" Bürger – zögerte er zum ersten Mal. Eva Rösner: „Wir brauchen nicht mehr Menschen. Wir brauchen nur die Richtigen." Er nickte – und ging. Doch noch in derselben Nacht schrieb er eine Nachricht. Nicht an Liebeschals. Sondern an einen alten Studienfreund – in Zürich.

Am Abgrund

An der Grenze zur Schweiz. Der Wald war dunkel. Die Kälte biss. Ein Flutlicht durchbrach die Nacht. „Stehen bleiben!" Rufe. Ein Schuss. Leila riss Mohamed zu Boden. Georg drehte sich um – und sah das Licht näherkommen. Ein letzter Gedanke: „Wenn wir fallen – dann so, dass andere über uns steigen können."

Schwarz. Stille. Dann: Herzschlag. Ein Licht. Ein Tunnel? Nein. Ein Grenzposten mit Tränen in den Augen, der sagte: „Lauft. Ich habe euch nie gesehen."

Kapitel 35: Die Grenze in uns

Zürich, 14. September 2032

Sie waren angekommen. Aber sie waren nicht gerettet. Die Alpen lagen hinter ihnen – gleißend, kalt, unbarmherzig. Vor ihnen: Zürich. Stilles Kopfsteinpflaster. Gepflegte Fassaden. Schweigen. Sie wurden untergebracht in einer gesicherten Einrichtung der „Grauen Hand" – ein ehemaliges Pflegeheim am Stadtrand. Drinnen: weiße Wände, Betten mit grauen Decken, eine Kantine, in der keiner redete. Mohamed: „Es fühlt sich an wie ein Krankenhaus für Erinnerungen." Leila: „Oder ein Wartezimmer der Geschichte."

Exil mit Glaswänden

Sie waren frei – aber beobachtet. Nicht vom Feind. Vom Misstrauen. Die Schweiz hatte sich offiziell neutral erklärt. Doch jeder wusste: Berner Beamte lieferten Listen. Basler Firmen verkauften Überwachungstechnologie an deutsche Behörden. Züricher Banken wussten, wo das Blut floss – und wohin es investiert wurde.

Georg schrieb in sein Tagebuch: „Freiheit ist kein Ort. Sie ist ein Gefühl, das man verliert, bevor man merkt, dass man es besessen hat."

Rückblende: Was geschah mit Sina Bolz?

Ein Brief erreichte sie, durch ein geheimes Netzwerk geschleust – verfasst von einem Mithäftling aus dem „Umerziehungslager" Weißenfels. Sina lebte. Aber sie war verstummt. „Sie sprechen nicht mit ihr. Sie zeigen ihr jeden Tag ihre Schüler – mit anderen Namen, anderer Kleidung, neuen Idealen. Und sie sagen ihr, dass das besser ist. Sie schaut nur. Aber sie brennt." Leila las die Zeilen und weinte. Georg stand stumm daneben. Mohamed warf das Blatt ins Feuer. „Sie wollten ihre Stimme. Aber sie haben ihr Schweigen bekommen – und das wird lauter sein als jeder Schrei."

Die Enthüllung: Das Dokument Falk

In Berlin hatte Tobias Falk, der stellvertretende Innenminister, eine Entscheidung getroffen. Er stahl es. Das Dokument. 22 Seiten. Geheimstufe Omega. Titel: „Projekt Hekate – die finale Ideologiekonversion"

Es enthielt: Pläne zur Deportation von über 600.000 Menschen aus „ideologisch kontaminierten Regionen" nach „Arbeitssiedlungen" in Osteuropa, die Einführung eines verpflichtenden „Heimatidentitätstests" an Schulen, den Umbau der Justiz zur „Schutzkammer für deutsche Stabilität" – mit Sondergerichten für „Gesinnungsverbrechen".

Falk schickte es, verschlüsselt, über ein Relais in Lichtenstein an einen alten Freund in Zürich. Drei Tage später: Die Neue Zürcher Zeitung veröffentlichte einen anonymen Artikel: „Es ist geschehen. Es geschieht. Es wird geschehen. „Der internationale Aufschrei war gewaltig. Liebeschals dementierte – sofort. Doch das Netz zitterte.

Die Stimme einer Mutter

Ein Interview in der französischen Presse veränderte die Dynamik. Es war Nora Ben-Ali, die Mutter eines verschwundenen Jungen aus Hamburg. Sie war geflohen, hatte alles verloren – aber sprach: „Ich habe ihn jeden Abend vorgelesen. Ich habe ihm beigebracht, was Mut heißt. Und jetzt sagen sie, er sei verschwunden – für die Wahrheit. Aber ich sage euch: Er ist nicht verschwunden. Er ist Teil von etwas Größerem. Und ich spreche für alle Mütter, die wissen, dass ein Kind mehr ist als ein Geburtsort."

Eine neue Stimme im Widerstand

In Zürich traf Georg auf Radu Mihail, einen rumänischen Journalisten, der bereits über die NAF geschrieben hatte – lange bevor sie die Macht übernahm. „Ich bin in einem Land groß geworden, das mit Zensur atmete und mit Lügen träumte. Ich erkenne den Klang der Dämmerung."

Radu veröffentlichte täglich „Briefe aus dem Exil" – Berichte über Georg, Mohamed, Leila, über die Bewegung, die sich formte. „Sie glauben, sie kontrollieren die Realität.

Aber sie vergessen: Die Geschichte hat ein Gedächtnis. Und manchmal erhebt es sich."

Der Riss

Berlin, Nacht.

Adelheit Liebeschals stand allein auf der Dachterrasse des Kanzleramts. Unter ihr: eine Stadt, die stiller war als je zuvor. Kein Protest mehr. Kein Ruf. Nur Wind. Sie hielt das geleakte Dokument in der Hand. Rösner war bleich. Marder sprach nicht mehr. Und Liebeschals? Sie lächelte. „Dann eben schneller."

Kapitel 36: Der Tag, an dem Berlin brannte

Berlin, 7. Oktober 2032 – Vorabend der Gedenktage

Der Morgen war grau, die Luft schwer. In der Stadt brodelte es unter der Oberfläche – ein Flüstern aus Angst und Hoffnung.

Der Anschlag auf das Ministerium für Innere Sicherheit

Am frühen Vormittag explodierte eine Bombe vor dem Ministerium für Innere Sicherheit im Regierungsviertel. Die Fassade zerbarst in Trümmer, Fenster zerklirrten, und die Sirenen heulten durch die Straßen. Die Staatswächtereinheit 17 reagierte sofort. Straßensperren wurden errichtet, Menschen willkürlich festgenommen.

Mohamed trifft eine folgenschwere Entscheidung

Georg und Mohamed hatten wochenlang Kontakte in Berlin koordiniert. Heute wollte Mohamed die Aktion der Widerstandsgruppe mit einem neuen Netzwerk verbinden – ein riskanter Schritt, der ihn tief ins Herz des Regimes führte. Im Versteck, einem Kellerraum in Mitte, flackerte das schwache Licht. Mohamed telefonierte heimlich mit einem Informanten aus dem Ministerium. Mohamed sprach leise: „Wenn das hier auffliegt, endet alles. Aber es muss sein. Für die Freiheit." Informant: „Verstanden. Ich decke dir den Rücken, aber pass auf dich auf."

Rückblick: Der Beginn der Zerschlagung

Die ersten Tage nach der Machtübernahme. Georg erinnert sich an den Tag, an dem Kollegen aus Gewerkschaften, Medienhäusern und anderen Parteien einfach verschwanden – verhaftet, „verschwunden", deportiert in neu errichtete Lager. „Sie sagten, es sei zum Schutz der Bevölkerung. Es war der Anfang vom Ende."

Neue Figuren: Elena Weber und Jakob Stern

Im Schatten der Ereignisse tauchten zwei neue Gestalten auf:

Elena Weber, ehemalige Richterin, die wegen „Gesinnungsverbrechen" entlassen wurde und nun das „Netzwerk Aufbruch" im Untergrund leitete.

Jakob Stern, Ex-Offizier der Bundeswehr, der die „Staatswächtereinheit 17" infiltrieren wollte, um Informationen zu beschaffen.

Die Reaktion der Kanzlerin

Kanzlerin Liebeschals erschien im Fernsehen, streng und kalt. „Wir lassen uns nicht erpressen von Terroristen, die unser Land ins Chaos stürzen wollen. Sicherheit und Ordnung sind unsere höchsten Güter."

Doch hinter den Kulissen herrschte Chaos. Berichte von unkontrollierten Verhaftungen, Folter und Misshandlungen häuften sich.

Die Explosion der Hoffnung

Im Keller des Verstecks, kurz nach dem Anschlag, steht Mohamed mit blutverschmiertem Hemd. Er hält ein Foto in der Hand – das von Georg und ihm als Kinder. Ein Versprechen. „Wenn das hier endet, dann in Freiheit." Ein Knall. Sirenen. Das Licht flackert. „Sie sind da!"

Kapitel 37: Die Stadt im Feuer

Berlin, 8. Oktober 2032

Die Nacht hatte Berlin in ein unheilvolles Licht getaucht. Glas splitterte auf Kopfsteinpflaster. Straßenlaternen flackerten. Aus offenen Fenstern klangen Schreie – manche echt, manche inszeniert. Die Angst hatte wieder eine Uniform.

Die Flucht

Nach dem Anschlag am Vortag war Mohamed untergetaucht. Georg fand ihn am Ufer der Spree, in einem verlassenen Bootshaus. Er blutete am Bein, aber sein Blick war klar. Mohamed: „Sie haben uns nicht erwischt. Aber sie werden kommen. Sie kommen immer."

Georg (leise): „Dann laufen wir wieder. Aber nicht ohne die Daten."

Die Daten – Aufnahmen, Dokumente, Namenslisten, Videozeugnisse aus den Lagern – lagen auf mehreren Speicherkarten, versteckt in alten Batterien. Der Plan: Sie nach Warschau zu bringen, zur „Grauen Hand".

Parallel: Der innere Widerstand im Sicherheitsapparat

Jakob Stern, verkleidet als Offizier der Staatswächtereinheit, schmuggelte sich in den Lagebesprechungsraum im Ministerium. Er hörte mit, wie Eva Rösner und Erich Marder den nächsten Schritt planten: Rösner: „Wir brauchen ein Exempel. Massenverhaftungen in Leipzig, München, Köln. Öffentlich. Hart. Am besten bei Nacht." Marder: „Operation Sonnenstille. Wie 1938 – nur besser organisiert." Stern verließ den Raum, zitternd. Draußen, im Flur, sendete er ein geheimes Signal: drei Vibrationen über ein medizinisches Gerät. Der Code: „Es beginnt."

Elena Weber – der Funke in der Dunkelheit

In einem leerstehenden Schulgebäude in Berlin-Lichtenberg koordinierte Elena Weber das Netzwerk „Aufbruch". Ehemalige Richter, Beamte, Ärztinnen, Techniker, Pfarrer – sie waren die unsichtbare Struktur unter der Stadt.

Elena trat vor ihre Gruppe: „Es reicht. Wir haben beobachtet, dokumentiert, gezweifelt. Jetzt handeln wir. Heute Nacht holen wir 53 Kinder aus den Lagern von Teltow. Und dann brennt das Licht wieder." Die Gruppe schwieg. Dann: Applaus. Dann: Tränen.

Rückblende: Wie die Gesellschaft zerbrach

Georg erinnerte sich an den Moment im Frühjahr 2029, als das „Medienneuordnungsgesetz" verabschiedet wurde. Es war das Ende aller unabhängigen Zeitungen. „Die taz war die letzte. Danach kam nur noch Papier mit Fahnen drauf." Und an das „Gesetz zur Schutzidentität", das Lehrer zwang, Herkunft und Religion von Kindern zu melden. „Ich wusste, dass wir gefallen waren, als man Eltern erklärte, sie müssten nicht mehr mitdenken – nur noch folgen."

Der Angriff auf das Lager Teltow

Um 01:12 Uhr drang Elena mit ihrer Gruppe in das umzäunte Gelände ein. Sie trugen Tarnkleidung, alte Ausweise der Bundeswehr, mit „recyceltem" Barcode. Drinnen: 53 Kinder, gezeichnet, verstummt. Sie folgten wortlos, als die Türen aufgingen. Keiner fragte. Keiner zögerte. Als das Flutlicht anging, fielen Schüsse. Zwei Helfer starben. Elena schrie nicht – sie trug ein Kind auf dem Rücken, als sie das Gelände verließ.

Die Entscheidung im Kanzleramt

Liebeschals war bleich. Nicht aus Angst. Aus Wut. Das war nicht mehr das Deutschland, das sie regieren wollte. Es war nicht mehr kontrollierbar. „Wir rufen den nationalen Existenzschutz aus. Kein Mobilfunk. Keine Bewegung nach 20 Uhr. Jeder mit ausländischen Kontakten wird isoliert." Marder nickte. Rösner sagte nur: „Das ist der letzte Vorhang."

Der Ruf

Georg, Mohamed und Leila stehen an einem geheimen Bahnübergang, bereit zur Flucht nach Polen. Doch Mohamed hält inne. In der Hand: ein USB-Stick. In der Stimme: Klarheit. Mohamed: „Ich gehe zurück. Ich bringe es ihnen. Nicht digital. Nicht verschlüsselt. Sondern menschlich." Georg: „Das ist Wahnsinn." Leila (leise): „Nein. Das ist das Gegenteil."

Mohamed geht. Allein. Aber nicht verloren.

Kapitel 38: Die Rückkehr

Berlin, 10. Oktober 2032

Die Stadt hatte sich verändert. Oder vielmehr: Sie hatte ihre wahre Gestalt gezeigt. Straßen ohne Geräusche. Schatten mit Uniform. Kinder mit Nummern an den Jacken. Und mitten hindurch: Mohamed.

Die Rückkehr ins Zentrum

Er trug eine alte, zerschlissene Jacke, einen USB-Stick in einem Medaillon um den Hals – und eine Geschichte in der Brust, die nicht sterben durfte. Sein Ziel: Der Eingang zum Haus der Nationalen Kultur, dem früheren Gropius-Bau. Heute: Sitz der Zentralen Wahrheitsbehörde. Er wusste, dass man ihn finden würde. Aber er wusste auch: Wenn nur einer von ihnen zuhört – dann war es das wert.

Parallel: Die internationale Reaktion

Paris.

Die Veröffentlichung der Bilder aus dem befreiten Lager Teltow – Kinder, ausgezehrt, aber am Leben – ging viral.

Emmanuel Dubois (französischer Präsident): „Das, was man uns monatelang verheimlichte, ist Wahrheit geworden. Deutschland hat seine Menschlichkeit verloren – aber nicht alle Deutschen. Wir stehen bei jenen, die noch für Licht kämpfen."

New York.

Die UNO berief eine außerordentliche Sitzung ein. Der Begriff „kultureller Genozid" wurde erstmals öffentlich in Zusammenhang mit Deutschland genannt.

Warschau.

Die erste offizielle Luftbrücke für deutsche Geflüchtete wurde geöffnet. Dort traf Leila mit Georg ein – und wurde empfangen mit Blumen, aber auch mit Warnungen: „Liebeschals wird nicht ohne Blut gehen."

Rückblick: Die Stimme des Vaters

Im Schatten der Gedächtniskirche in Berlin erinnerte sich Mohamed an seinen Vater – verstorben 2022, ein syrischer Arzt, der in Deutschland Zuflucht gefunden hatte. „Mensch zu sein heißt nicht, Angst zu vermeiden. Es heißt, Angst zu erkennen – und trotzdem zu sprechen." Mohamed hatte nie vergessen. Und nun sprach er selbst – mit seinem Schritt zurück in die Hölle.

Die geheime Aufzeichnung im Kanzleramt

Tobias Falk, der Innenminister mit Vergangenheit, hatte über Wochen Gespräche aufgezeichnet. Eine Aufnahme, noch nicht veröffentlicht, lag verschlüsselt auf einem Server in Zürich. Sie zeigte: Adelheit Liebeschals, in privater Runde, mit Eva Rösner, im Februar 2028:

Liebeschals: „Wenn wir ein Drittel der Bevölkerung für ideologisch krank erklären, bricht kein Bürgerkrieg aus. Sie ducken sich. Das ist ihre Natur. Sie hatten nie das Zeug zur Freiheit."

Diese Worte, gesagt mit einem Glas Cognac in der Hand, könnten Geschichte machen – oder beenden.

Mohamed stellt sich

Er erreichte das Gebäude. Die Wachen richteten ihre Waffen. Er hob die Hände. Mohamed: „Ich bringe die Wahrheit. Und wenn ihr Mut habt, hört sie euch an."

Er wurde niedergeschlagen. Verhaftet. Doch der USB-Stick – verborgen – wurde von einem jungen

Beamten entdeckt. Und weitergeleitet. Der Junge war 19. Sein Bruder war in Teltow gewesen. Er öffnete die Datei. Er weinte. Dann klickte er: „Teilen."

Die Stimme im Netz

In Polen, Frankreich, Kanada, sogar in der Türkei: Ein Video erschien. Mohamed – sitzend, müde, verletzt, aber wach. „Ich war nichts Besonderes. Nur jemand, der nicht mehr schweigen konnte. Vielleicht hört ihr das und denkt, ihr könnt nichts tun. Aber das ist, was sie euch eingeredet haben. Ihr seid das Morgen. Und ich bin einer, der euch glauben will."

Kapitel 39: Der Tag, an dem die Wahrheit schrie

Deutschland, 17. Oktober 2032, 18:00 Uhr

Es begann leise. Nicht mit Sirenen. Nicht mit Gewalt. Sondern mit Stimmen.

Rückblick: Die Nacht der Verordnung

8. Juni 2029

Liebeschals saß im Kanzleramt. Die „Verordnung zur Stärkung nationaler Sicherheit und Ordnung" wurde gerade verkündet.

Offiziell: Terrorabwehr, Grenzschutz, Medienhygiene.

Inoffiziell: Beginn der Überwachung aller Bürger*innen über „HeimatID" und Abschaltung regierungskritischer Seiten.

Georg war damals noch Lehrer. Er erinnerte sich: „Wir mussten Namen melden. Menschen, die wir kannten. Die wir mochten. Die falschen Bücher lasen. Die falschen Fragen stellten. Es war der Moment, in dem ich begann, mich zu verlieren."

Der Plan: Der Tag der Stimmen

Leila und Elena Weber hatten ihn entworfen. Es war einfach – und gewaltig:

Punkt 18:00 Uhr sollten in zehn Städten Glocken geläutet werden.

Danach: Fünf Minuten absolute Stille.

Dann: Menschen sollten beginnen, Namen zu rufen – Namen von Verschwundenen, von Ermordeten, von Verleugneten.

Und zuletzt: Das Zitat von Mohamed. „Wenn ihr sprecht, beginnt der Morgen."

Die Aktion wurde „Projekt Aurora" genannt.

Berlin

Punkt 18:00 Uhr.

Die Gedächtniskirche läutet. Dann Stille. Georg steht auf dem Breitscheidplatz. Neben ihm: Hunderte. Keine Parolen. Nur Körper. Nur Atem.

Dann, eine junge Frau ruft: „Elias Ben-Ali – mein Bruder. Verhaftet mit 15."

Ein Mann: „Jörg Merten – Gewerkschaft. Gekidnappt 2029."

Eine alte Dame: „Mariam Eser – meine Tochter. Weil sie tanzen wollte."

Dann Hunderte. Dann Tausende. Die Namen – ein Chor.

Der Kanzlerbefehl

Im Kanzleramt tobt Liebeschals. Liebeschals: „Sie sind wie Unkraut. Es wird Zeit, den Rasen zu verbrennen." Sie gibt Befehl: Räumung der Plätze, Tränengas, Festnahmen, Schusswaffengebrauch bei „koordinierter Unruhe".

Doch viele Beamte zögern. Einige geben den Befehl nicht weiter. Andere setzen Helme ab. Manche stellen sich vor Demonstrierende.

Der Moment in Köln

Ein zwölfjähriges Mädchen tritt auf den Domplatz. Stellt sich auf eine Bank. Ruft: „Ich bin hier, weil mein Vater nicht mehr da ist. Und weil ich weiß, dass er wollte, dass ich nicht schweige." Sie beginnt, das Gedicht von Ingeborg Bachmann zu zitieren: „Die Wahrheit ist dem Menschen zumutbar." Die Menge hört auf zu atmen. Dann: Applaus. Und Tränen.

Der Bruch

In Leipzig weigert sich eine gesamte Polizeihundertschaft, gegen Demonstrierende vorzugehen. Sie schwenken weiße Tücher. Ein Beamter, 58 Jahre alt, ruft: „Ich habe in der DDR geschwiegen. Ich tu's nie wieder."

Mohamed: Die Stimme wird Waffe

Im Gefängnis in Brandenburg dringen Rufe bis in die Zellen. Ein Wärter öffnet Mohameds Tür. Wärter (flüstert): „Ihr habt gewonnen. Jetzt sprecht weiter." Er bringt Mohamed ein Mikrofon. Und ein Radio wird angeschaltet – verbunden mit Echo 91.4.

Mohamed spricht live: „Ihr seid nicht mehr allein. Die Wahrheit ist nicht mehr leise. Sie ist laut. Und sie ist hier. Und sie ist euer."

Der Sturz beginnt

Adelheit Liebeschals steht in einem Bunkerraum. Eva Rösner ist verschwunden. Erich Marder hat sich erschossen und selbst das, nicht richtig gemacht, er überlebte schwerverletzt.

An der Wand blinkt eine Nachricht: „Die Schweiz hat das Asylgesuch abgelehnt." Und aus dem Fernseher: „Wir berichten live vom Rücktritt mehrerer Minister der Bundesregierung."

Liebeschals sieht sich an. Und sagt nur: „Sie hören wieder zu und denken wieder. Es ist vorbei."

Kapitel 40: Und dann kam das Licht

Deutschland, 18.–24. Oktober 2032

Die Woche, in der alles fiel, begann mit einem Sonnenaufgang, den niemand sah – und endete mit einem Satz, den niemand mehr vergessen würde.

Der Zusammenbruch

Die Regierung Liebeschals zerbrach in wenigen Tagen – nicht durch Gewehre, sondern durch Wahrheit.

14 von 18 Minister und Ministerinnen traten zurück.

Die Armee erklärte „Neutralität" und stellte sich unter den Schutz einer vorläufigen Übergangskommission.

Das „Haus der nationalen Ordnung" wurde gestürmt – ohne Gewalt, von Demonstranten und Demonstrantinnen, unterstützt von Sicherheitskräften.

Adelheit W. Liebeschals wurde in den frühen Morgenstunden des 19. Oktober beim Versuch verhaftet, das Land mit einem Diplomatenjet zu verlassen.

Ihr letzter Satz vor der Festnahme: „Ich wollte doch nur, dass wir wieder stolz sein dürfen."

Das Sondertribunal

Ein provisorisches Tribunal wurde gebildet – unter internationaler Aufsicht. Richter und Richterinnen aus Den Haag, Warschau, Oslo und Zürich leiteten die ersten Anhörungen. Der neue Vorsitzende, Richter Renard: „Wir verurteilen nicht nur Täter. Wir erinnern. Und wer erinnert, gibt Würde zurück."

Die Anklagen umfassten:

- Verbrechen gegen die Menschlichkeit

- Umerziehung von Minderjährigen

- Aufbau illegaler Arbeitslager

- systematische Geschichtsverfälschung

- ideologisch motivierte Deportationen

Liebeschals, Marder und Rösner wurden in Isolationshaft überführt. Dutzende Funktionäre flohen. Einige begingen Suizid. Einige baten um Vergebung.

Die Rettung Mohameds

Am 21. Oktober um 3:37 Uhr wurde Mohamed aus dem Hochsicherheitsgefängnis befreit. Ein Wärter trug ihn auf dem Rücken hinaus. Draußen warteten Leila, Georg und Elena. Er war gezeichnet – aber lebendig. Mohamed (flüsternd): „Ich habe euch gehört. Selbst in der Dunkelheit."

Sie fuhren gemeinsam nach Leipzig – in die Stadt, in der alles begann. Mohamed sagte: „Ich will dort heilen, wo ich gebrochen wurde."

Der Brief an das Land

Am 24. Oktober veröffentlichte Georg einen offenen Brief. Er wurde in 32 Sprachen übersetzt, an über 70 Millionen Menschen gesendet.

Der Brief (Auszug):

Ich war Lehrer. Ich war erst Mitläufer. Ich war stumm, als sie meine Nachbarn holten. Ich habe geschwiegen, als es noch ein Flüstern war. Und ich habe zu spät verstanden, dass Schweigen das Fundament der Gewalt ist.

Ich habe gelitten. Und ich habe überlebt. Und ich weiß: Die Zukunft gehört nicht denen, die gewinnen. Sie gehört denen, die erinnern.

Dies ist kein neues Deutschland. Dies ist ein Deutschland, das wieder gelernt hat, sich im Spiegel zu sehen – mit Tränen. Mit Mut. Mit der Wahrheit.

Die Dämmerung

Am Abend standen sie auf dem Marktplatz von Leipzig. Mohamed, Leila, Georg. In der Menge: Lehrerinnen, Schüler, Mütter, Überlebende. Keiner sprach. Dann erklang Musik. Ein Cello. Die Ode an die Freude. Langsam. Gebrochen. Aber wunderschön.

Mohamed hob die Hand. Und sagte nur: „Wir sind noch hier."

Kapitel 41: Die Stille nach dem Schrei

Deutschland, November 2032

Manche Diktaturen enden mit Gewehrsalven. Diese endete mit einem Lied, einer Träne – und einer Frage: „Was machen wir jetzt mit dem, was wir wissen?"

Die Tage danach

In den Städten wehten weiße Tücher von den Balkonen. Nicht als Zeichen des Sieges – sondern als Bekenntnis zum Überleben. Die Straßen wurden stiller. Nicht mehr aus Angst. Sondern aus Überforderung. Denn was tun, wenn das Grauen vorbei ist, aber das Gewissen bleibt?

Die Übergangsregierung

Unter internationaler Leitung wurde eine Verfassungskommission einberufen. Ihre Aufgabe: Deutschland zurückführen – nicht zur alten Ordnung, sondern zu einer, die aus der Wunde lernt. Der vorläufige Präsident wurde Dr. Marc Hellmann, parteilos, Jurist, Jude, Überlebender eines geheimen Umerziehungslagers. Er eröffnete seine Amtszeit mit einem Satz: „Ich bin nicht hier, um zu führen. Ich bin hier, um zuzuhören – auch dort, wo wir nie wieder hinhören wollten."

Rückblick: Wie das Land zerbrach

An Universitäten begannen die ersten öffentlichen Foren. Nicht mit Reden. Sondern mit Zeugenaussagen. Sina Bolz, die Lehrerin, sprach zum ersten Mal. „Ich habe 23 Schüler unterrichten dürfen. Zwölf von ihnen wurden abgeholt. Ich war da. Ich habe nichts getan. Und das war das Grausamste." Ihr Vortrag wurde millionenfach geteilt. Nicht weil sie klagte. Sondern weil sie bekannte.

Die Bewegung „Erzählt euch weiter"

Leila und Elena Weber gründeten ein nationales Netzwerk von Erinnerungscafés. Es waren keine Museen. Es waren Räume. Für Erzählen. Für Weinen. Für Zuhören.

Mohamed ging von Stadt zu Stadt – sprach mit Jugendlichen, alten Männern, gebrochenen Müttern. Er sagte: „Ich bin kein Held. Ich bin nur jemand, der nicht will, dass ihr das noch einmal müsst."

Die Wahrheit im Gerichtssaal

In Den Haag begann der erste große Prozess. Liebeschals erschien, bleich, kalkuliert, ohne Reue. Die Anklage verlas die Namen von 2.834 Menschen, die verschwanden. Dann: die Stimmen. Tonbandaufnahmen. Verhöre. Weinende Kinder.

Liebeschals sagte nur: „Ich war die Stimme eines Volkes, das vergessen wollte."

Der Richter antwortete: „Dann hören Sie jetzt zu, an was es sich wieder erinnert."

Der neue Platz

In Leipzig wurde ein Platz umbenannt. Früher: Platz der Nationalen Ordnung. Jetzt: Mohamed-Abdullah-Platz Darunter eine kleine Bronzetafel: „Für einen, der sprach, als Schweigen Gesetz war."

Georg stand davor. Tränen in den Augen. Die Sonne ging auf.

Kapitel 42: Der Preis der Erinnerung

Leipzig, Dezember 2032

Der Schnee fiel in dicken Flocken – lautlos, als wolle er das Land bedecken wie eine Decke aus Schweigen. Aber das Schweigen war zerbrochen. Und was darunter lag, war rau, wund, lebendig.

Mohamed – der Körper trägt die Wahrheit

Er saß in einem Sessel in einer stillen Klinik am Rand der Stadt. Ein Rehabilitationszentrum, geführt von ehemaligen Ärzten, die einst gezwungen waren zu schweigen. Mohameds Körper heilte. Langsam. Aber seine Hände zitterten noch.

Eine Therapeutin fragte: „Was möchten Sie?" Er antwortete: „Ich möchte nicht verziehen bekommen, was sie mir angetan haben. Ich möchte, dass es nie wieder jemandem passiert."

Rückblick: Der Tag im Verhörraum

Mohamed erinnert sich an einen Satz. Nicht von einem Wächter. Von sich selbst. „Ich habe euch nie gehasst. Ich habe nur nie verstanden, wie man so still sein kann." Es war die Stimme eines Mannes, der gebrochen wurde – aber nicht verbogen. Diese Erinnerung hielt ihn nachts wach – und morgens aufrecht.

Leila – die Last des Überlebens

Leila lebte nun in einer kleinen Wohnung in Jena. Sie hielt Vorträge. Reiste durch Schulen. Doch sie sprach nicht mehr über sich. „Ich war nur ein Gefäß", sagte sie. „Sie haben mich benutzt, um Angst zu zeigen. Jetzt benutze ich mich, um Hoffnung zu geben."

Aber abends saß sie oft am Fenster. In der Hand: ein Foto. Jakob. Ihr Freund. Gestorben bei der Fluchtaktion. Sie flüsterte: „Ich lebe für uns beide. Und das tut weh."

Georg – die Schuld des Schweigenden

Georg arbeitete als Koordinator im „Rat für Erinnerungsfragen", gegründet durch die Übergangsregierung. Doch in sich kämpfte er mit einer anderen Frage: Darf jemand wie er mitgestalten? Ein Mann, der wusste, was passierte – und erst spät handelte?

Bei einer öffentlichen Diskussionsrunde in Berlin stand eine junge Frau auf. Tochter eines Inhaftierten. Sie sagte: „Warum darf er heute reden? Warum bekommt er Raum, wenn mein Vater keine Stimme mehr hat?" Georg schwieg. Dann trat er vor. Nahm kein Mikrofon. Nur seine Stimme. „Weil ich ihn damals nicht verteidigt habe – aber heute weiß, wie sehr ich ihn gebraucht hätte." Stille. Dann ein Nicken. Nur eines. Aber es war der Anfang.

Die neue Spaltung

Nicht alle wollten Versöhnung.

In Foren, auf Plätzen, in Kantinen begann eine neue Debatte: „Darf ein ehemaliger Mitläufer eine Schule leiten?" „Was ist mit jenen, die bei der Propaganda mitgewirkt haben – aber nun helfen wollen?" „Wer hat das Recht zu vergeben?"

Ein neuer Begriff tauchte auf: „Erinnerungsopportunismus"

Georg schrieb in sein Tagebuch: „Wir haben die Lügen besiegt. Jetzt kämpfen wir gegen das Vergessen im Licht."

Das Kind mit der Frage

In einer Schule in München fragte ein kleiner Junge während eines Vortrags Leilas: „Warst du mutig oder hattest du nur Angst und bist trotzdem geblieben?" Leila antwortete: „Ich hatte Angst. Und ich blieb. Und das war vielleicht das Mutigste, was ich je getan habe."

Kapitel 43: Der Tag, an dem sie sich erinnerten

Deutschland, Januar 2033

Der Winter war mild, als hätte selbst das Wetter begriffen, dass das Land gerade nicht noch mehr Kälte
ertrug. Aber innen drin war sie da – die Kälte der
Erinnerung, der Zweifel, der offenen Wunden.

Der Beschluss: Ein nationaler Gedenktag

Am 27. Januar 2033 – symbolisch gewählt, der Tag
der Befreiung von Auschwitz – wurde erstmals in
der Geschichte der Bundesrepublik ein offizieller
Gedenktag für die Opfer der NAF-Herrschaft eingeführt. Der Tag trug keinen Namen. Er wurde bewusst „Der Tag" genannt. Damit jede Generation
ihn neu mit Bedeutung füllen konnte.

Dr. Marc Hellmann (Übergangspräsident): „Wir geben euch kein Etikett. Wir geben euch ein Echo."

Rückblende: Die Entscheidung im Parlament

Die Abstimmung war knapp. Nicht weil jemand die
Vergangenheit leugnete – sondern weil viele fürch-
teten, dass ein Gedenktag zu früh käme. Leila
sprach: „Es ist nicht zu früh. Es ist vielleicht zu spät.
Aber wir haben heute. Und das reicht."

Die Bewegung: „Zukunft aus Namen"

Entstanden in einer Leipziger Schulklasse. Gegründet von Jugendlichen, deren Eltern nicht über die Jahre 2029–2032 sprachen. Sie begannen, Namen zu sammeln. Nicht nur der Opfer. Auch der Täter. Und der Stillen.

Ziel: Kein Name soll verschwinden, egal auf welcher Seite. Denn nur die vollständige Wahrheit kann schützen.

Sie trugen Pullover mit einem einfachen Aufdruck: „Ich weiß, dass du wusstest."

Mohamed – zwischen Versöhnung und Schmerz

Er reiste an diesem Tag nach Neuburg-Mitte – jenes ehemalige Arbeitslager, in dem Jörg Merten starb. Heute: ein Museum, geführt von Angehörigen ehemaliger Insassen und Insassinnen.

In einem Raum las Mohamed aus einem Brief an Jörg: „Ich kannte dich nicht. Aber ich trage deinen Namen, weil ich deine Geschichte trage. Ich lebe, weil du gestorben bist, ohne zu schweigen."

Er fiel in eine tiefe Stille danach. Manche weinten. Andere standen einfach nur da. Aufrecht.

Die Rückkehr von Eva Rösner

Sie galt als verschwunden. Nach dem Zusammenbruch des Regimes, kurzzeitig festgenommen, später unter Auflagen entlassen. Plötzlich stand sie im Saal eines Bürgerzentrums in Freiburg. Nicht als Angeklagte. Als Zuhörerin.

Als Georg dort sprach, sah er sie in der zweiten Reihe. Seine Stimme stockte. Er las weiter. Dann sagte er zum Abschluss: „Ich weiß, dass manche hier sind, die früher schwiegen oder zustimmten. Und ich weiß: Wir brauchen Gerechtigkeit. Aber wir brauchen auch Mut, nicht in Rache zu leben." Danach blieb Rösner stillsitzen. Aber eine Träne lief ihr über die Wange. Niemand wusste: Schuld? Scham? Kalkül?

Die letzte Szene: Das Kind mit dem Blatt

Nach der Zeremonie auf dem Platz der Erinnerung lief ein kleines Mädchen auf Georg zu. In der Hand: ein Papier. Darauf gemalt: Ein Herz. Darin: Drei Namen. „Ich habe das gemacht, damit sie nie mehr traurig sind."

Georg kniete sich hin. Und sagte nur: „Dann bist du das, was wir retten wollten."

Kapitel 44: Die zweite Wahrheit

Deutschland, März 2033

Der Frühling kam früh. Und mit ihm: neue Stimmen. Nicht alle freundlich. Aber alle laut.

Die ersten Schulprozesse

In mehreren Bundesländern begannen symbolische Gerichtsverhandlungen gegen Lehrkräfte, Rektoren und Rektorinnen, Schulämter – wegen ihrer Rolle während der Jahre der Unterdrückung.

Fall 1:

Eine Schulleiterin in Bayern, die über 40 Kinder aus „remigrationsbedrohten" Familien an das „Heimatministerium" gemeldet hatte. Ihre Verteidigung: „Ich hatte keine Wahl. Ich wollte sie schützen."

Ein Schüler, inzwischen 17, trat als Zeuge auf: „Ich habe nie verstanden, warum Sie meine Mutter nicht mal gefragt haben. Nur, warum sie so viele Bücher hatte."

Der Prozess endete mit einem Urteil: Schuldig – moralisch, nicht juristisch. Sie wurde nicht verurteilt – aber öffentlich benannt. Ein Urteil, das im Land heftig diskutiert wurde.

Die neue politische Bewegung: „Zukunft ohne Schuld"

Gegründet von jungen Menschen, die sagten: „Wir sind nicht verantwortlich für das, was geschehen ist. Und wir lassen uns kein Schuldgefühl vererben." Ihr Symbol: ein umgedrehtes Erinnerungsband – schwarz statt weiß.

Sie forderten: Schlussstrich unter die Aufarbeitung nach zwei Jahren, Entlassung von Lehrern und Lehrerinnen, die „indirekt Schuld vermitteln", Verbot von „politischer Indoktrination an Schulen" Die Bewegung wuchs. Schnell. Auch weil viele Eltern ihre Kinder „nicht mehr stigmatisiert" sehen wollten.

Leila und Mohamed reagieren

In einer offenen Rede auf dem Campus der Humboldt-Universität sagte Leila: „Ihr wollt keine Schuld fühlen? Wir wollten keine Freunde verlieren. Keine Angst beim Lesen. Keine Nächte mit leeren Stühlen am Esstisch."

Mohamed ergänzte: „Wir geben euch keine Schuld. Wir geben euch ein Echo. Und wenn es euch weh tut – dann hört ihr es richtig."

Rückblick: Die „Tage der Erziehung"

In den ersten Monaten nach der Machtübernahme der NAF wurden überall im Land Tage der Erziehung eingeführt.

- Pflichtbesuche in „Kulturzentren deutscher Identität"

- Aufsätze mit dem Thema: „Warum Vielfalt unser Land schwächt"

- Gesang: nur noch „germanisches Liedgut", wie es hieß

Georg erinnert sich: „Ich saß in der Aula. Die Kinder sangen. Und ich spürte: Es war nicht ihr Lied. Es war unser Schweigen."

Die Frage: Wer darf erzählen?

An einem runden Tisch im Bundestag diskutierten Historiker und Historikerinnen, Pädagogen und Pädagoginnen und Überlebende über die neue nationale Gedenkstätte – geplant auf dem Gelände des früheren Ministeriums für Wahrheit. Ein junger Vertreter der Bewegung „Zukunft ohne Schuld" stellte die Frage: „Warum dürfen nur Opfer sprechen? Warum nicht wir – die Jungen, die frei sind?"

Eine ältere Frau, 89, überlebte zwei Lager, antwortete: „Weil wir es erinnern – nicht, um euch zu fesseln. Sondern damit ihr merkt, wie viel Kraft es kostet, wieder zu laufen."

Die neue Tafel

Am Eingang einer Schule in Magdeburg wurde eine neue Tafel eingeweiht. Darauf: keine Namen. Nur ein Satz. „Dies war einmal ein Ort des Schweigens. Jetzt darf man hier alles sagen – außer: es war nichts."

Kapitel 45: Erinnerung aus Farben

Deutschland, August 2033

Der Sommer hatte das Land in ein goldenes Licht getaucht. Aber unter der Sonne lag noch immer Schatten. Nicht, weil man ihn nicht verjagte – sondern weil man ihn nie vollständig verließ.

Das Schulprojekt: „Wir malen das, was nicht gesagt wurde"

An einer Schule in Erfurt entstand ein Kunstprojekt. Initiiert von Überlebenden, begleitet von Lehrkräften, unterstützt von Jugendlichen. Die Aufgabe war einfach: „Zeichnet, was ihr fühlt, wenn ihr an das denkt, worüber nicht gesprochen wird."

Was entstand, war mächtig: Ein leerer Tisch mit 18 Stühlen – beschriftet mit „Unbekannt", ein Tunnel, aus dem nur ein Auge blickte, ein Wald mit Licht – aber ohne Menschen. Die Bilder wurden zur Wanderausstellung. Titel: „Und doch leben sie."

Leila sprach bei der Eröffnung: „Diese Bilder sagen mehr als tausend Gedenkreden. Sie zeigen nicht, was war – sondern was bleibt."

Rückschläge im Wiederaufbau

Trotz Fortschritten begann der Wiederaufbau der Gesellschaft zu stottern: In München wurde ein Gedenkprojekt für das ehemalige Remigrationslager gestoppt – wegen „Überforderung der Bevölkerung mit Vergangenheitsarbeit". In Dresden verweigerte eine Lehrkräftegewerkschaft die Teilnahme an Erinnerungsfortbildungen. In einer Gemeinde bei Aachen wurde ein ehemaliger Ortsbürgermeister wiedergewählt – obwohl er aktiv an Deportationen beteiligt war.

Mohamed sagte in einer Diskussion: „Veränderung ist kein Strom. Es ist ein Tropfen. Und manchmal tropft es zurück."

Rückkehr aus dem Exil

Langsam kehrten Menschen zurück: Die Journalistin Emine Yilmaz, die in Kanada gelebt hatte, schrieb ihre erste Kolumne in einer neuen Wochenzeitung: „Ich komme nicht zurück, um zu versöhnen. Ich komme zurück, um zu fragen." Der jüdische Musiker David Cohen spielte wieder in Berlin. Sein erstes Konzert: im ehemaligen Hauptquartier der Nationalen Kulturwächter. Er sagte: „Meine Geige ist mein Protest. Und mein Trost."

Rückblick: Als Mohamed schwieg

In einem Gespräch mit Schülerinnen erzählte Mohamed erstmals vom Moment 2031, als er im Lager gefragt wurde: „Glaubst du, sie kommen?" Und er antwortete: „Nein." Er weinte, als er das erzählte. Nicht aus Schuld. Aus Erinnerung. „Ich glaube heute: Manchmal kommt niemand. Und dann bist du der, auf den du gewartet hast."

Die Frage: Wie vergibt man?

Ein neues Buch erschien. Titel: „Vergebung ohne Entschuldigung?" Darin 42 Geschichten – von Tätern, von Kindern von Tätern und Täterinnen, von denen, die litten.

In einer Passage stand: „Wir vergaben nicht, weil sie darum baten. Sondern weil wir nicht wollten, dass ihr Gift unser Leben weiter vergiftet."

Georg las es. Und schrieb später in sein Tagebuch: „Ich weiß nicht, ob ich vergeben kann. Aber ich weiß, dass ich nicht hassen will. Und vielleicht ist das der Anfang."

Der Junge mit dem Bild

In einer Schule übergab ein 12-jähriger Junge Mohamed ein gemaltes Bild. Es zeigte: Eine zerbrochene Mauer, dahinter: Menschen, die ihre Schatten in den Händen trugen – wie Blumen und darüber: der Satz: „Weil sie nicht vergaßen, dürfen wir erzählen."

Mohamed schloss die Augen. Und lächelte.

Kapitel 46: Was wir schreiben, wenn keiner mehr schreit

Deutschland, Oktober 2033

Die Blätter fielen, und mit ihnen: die letzten Reste des alten Systems, die letzten Ausreden, die letzten Ausflüchte. Aber was fiel, machte Platz. Für Worte, für Entwürfe, für Zukunft.

Der Entwurf einer neuen Verfassung

Die Übergangsregierung unter Dr. Marc Hellmann hatte einen historischen Prozess angestoßen: Einen Volkskonvent zur Erarbeitung einer neuen Verfassung – offen, transparent, partizipativ.

In Turnhallen, Theatern, Universitäten, Moscheen, Synagogen, Gewerkschaftshäusern und Gemeindesälen diskutierten Menschen jeden Alters, Herkunft und Glaubens über Sätze wie: „Was schützt uns wirklich – vor uns selbst?" „Wie viele Worte braucht die Würde?" „Was ist Volk, wenn es kein Gegner ist?"

Das literarische Archiv: „Stimmen gegen das Vergessen"

Mohamed und Leila, gemeinsam mit der Historikerin Clara Weiß, gründeten ein nationales digitales Archiv, in dem jeder Mensch seine Geschichte erzählen durfte – gesprochen, geschrieben, gesungen, gemalt. Es war kein Museum. Es war ein Chor.

Beitrag 1472: Ein Gedicht eines 16-jährigen Mädchens: „Ich weiß nicht, wer mein Vater war. Nur, dass er sagte: Ich wusste es nicht. Und dass meine Mutter sagte: Dann hast du nicht geliebt."

Beitrag 982: Ein Lied eines ehemaligen Wächters – keine Entschuldigung, aber ein Geständnis.

Die Begegnung: Täter und Überlebende

In einer Kleinstadt bei Würzburg, bei einer offenen Lesung im Rahmen des Archivs, trat ein Mann ans Mikrofon. Sein Name: Jens Röttler. Ehemals Lagerleiter von Trift 12. Er sagte: „Ich war es. Ich war verantwortlich. Ich habe nie geschlagen. Aber ich habe zugesehen. Und nichts getan. Und das war genug."
In der letzten Reihe stand Miriam Gal, Überlebende. Ihre Tochter wurde dort gequält. Sie trat nach vorn. Stellte sich vor ihn. Nahm das Mikrofon. Miriam: „Ich vergebe Ihnen nicht. Aber ich nehme

Ihnen das Schweigen." Dann: Stille. Niemand klatschte. Aber alle standen.

Rückblick: Die Verfassung von 1949

In einem Schulprojekt verglichen Schüler und Schülerinnen die Sätze von 1949 mit denen des neuen Entwurfs.

Artikel 1, alt:

„Die Würde des Menschen ist unantastbar."

Artikel 1, neu (Entwurf):

„Die Würde des Menschen ist Erinnerung, Stimme und Verantwortung."

Ein Schüler schrieb darunter: „Wenn wir dies vergessen, brauchen wir keinen Feind. Dann sind wir selbst unsere Feinde."

Die Einreichung

Am 23. Oktober 2033 wurde der neue Verfassungsentwurf in einer feierlichen Zeremonie übergeben.

Nicht von Politikern. Sondern von drei Jugendlichen, einer Überlebenden – und einem ehemaligen Kind aus einem der Lager. Sie lasen gemeinsam den ersten Satz: „Dieses Land gehört denen, die erinnern – und denen, die gelernt haben, zuzuhören."

Kapitel 47: Die Stimme des Volkes

Deutschland, März 2034

Es war der Monat der Stille. Nicht, weil nichts gesagt wurde. Sondern weil alles zählte, was gesagt wurde. Die Worte wogen schwer. Die Wahlzettel auch.

Das öffentliche Referendum

Am 17. März 2034 sollten alle wahlberechtigten Bürger und Bürgerinnen über die neue Verfassung abstimmen.

Die Stimmung im Land war gespalten – nicht über Grundrechte, Demokratie oder Menschenwürde, sondern über einen einzigen Artikel:

Artikel 5 (Absatz 3):

„Jede Generation ist verpflichtet, aktiv zum Schutz der historischen Wahrheit und Erinnerung beizutragen."

Kritiker und Kritikerinnen nannten es „erzieherisch", „moralisch übergriffig". Sie sagten: „Erinnerung darf kein Gesetz sein." Befürworter sagten: „Wenn wir nicht erinnern, wiederholt sich nichts – es bleibt einfach."

Rückblick: Schulbücher, Streit und Schatten

In vielen Bundesländern wurde parallel an neuen Schulbüchern gearbeitet. Ein Entwurf aus Niedersachsen enthielt ein ganzes Kapitel über die NAF-Zeit. Titel: „Als das Schweigen Gesetz wurde". In Bayern wurden die Bücher zunächst abgelehnt. Begründung: „Zu polarisierend. Zu suggestiv."

Ein Elternverband schrieb einen offenen Brief: „Wir wollen keine Kinder, die sich schuldig fühlen für etwas, das sie nicht erlebt haben." Darauf antwortete eine 15-jährige Schülerin in der „Frankfurter Stimme": „Ich will mich nicht schuldig fühlen. Ich will verstehen, warum niemand geschrien hat – und wie ich es tue, wenn es wieder nötig ist."

Die erste freie Wahl

Für den 1. Juli 2034 wurde die erste freie Bundestagswahl seit dem Fall des Regimes angesetzt.

Zum ersten Mal durften auch 16-Jährige wählen. Ein starkes Symbol.

Neue Parteien entstanden:

„Erinnert euch" – gegründet von Überlebenden, Aktivisten und Aktivistinnen und Wissenschaftlern

„Zukunftsgemeinschaft Deutschland" – eine gemäßigte, aber populäre Partei junger Reformer

„Freie Rückkehr" – eine rechte Splittergruppe, die Erinnerung „entemotionalisieren" will

Leila und Mohamed riefen öffentlich zur Wahl auf: „Eure Stimme ist nicht nur für euch. Sie ist für jene, die keine mehr hatten."

Das Referendumsergebnis

Die Auszählung dauerte drei Tage. Am 20. März 2034 stand fest: 71,4 % der Bevölkerung stimmten für die neue Verfassung. Erleichterung. Tränen. Stille. Und dann: Lauter Gesang auf Plätzen, in Kirchen, Moscheen, U-Bahn-Stationen. „Freiheit ist Erinnerung. Und Erinnerung ist jetzt Gesetz."

Georg am Wahlabend

Er sitzt in einem kleinen Gemeindehaus, wo einst ein Meldebüro für „abweichende Familien" war. Auf dem Tisch: eine Wahlurne. Draußen: Kinder spielen. Drinnen: Stille. Er sagt zu Mohamed: „Ich habe mein Leben gebraucht, um zu verstehen, dass Demokratie kein Besitz ist. Sondern ein Versprechen. Und dass wir es jeden Tag neu geben müssen." Mohamed nickt. „Und heute haben wir es gehalten."

Kapitel 48: Wenn das Erinnern leise wird

Deutschland, November 2034

Der Herbst kam golden – und erschreckend ruhig. Zu ruhig. Denn der Lärm des Wandels war abgeklungen. Und mit ihm: der Wachsamkeitston vieler.

Die neue Regierung

Die Bundestagswahl hatte eine Koalition aus der „Zukunftsgemeinschaft Deutschland", den Grünen und Teilen der SPD, sowie der CDU hervorgebracht. Kanzlerin wurde Dr. Hannah Lenz, 42 Jahre alt, Politologin, Tochter eines früheren NAF-Mitglieds, selbst Teil der neuen Aufarbeitungsgeneration. Sie versprach einen „Weg der Balance zwischen Erinnern und Erneuern". Doch viele fragten sich: „Wie viel Erinnerung passt in den Alltag, bevor man sie vergisst?"

Die internationale Erklärung

Am 9. November – dem Tag des Mauerfalls und der Reichspogromnacht – wurde von 27 Staaten die „Erklärung von Erfurt" unterzeichnet: „Kein Staat darf Gedenken instrumentalisieren – und kein Staat darf es unterlassen." Deutschland wurde darin als „Modell der aktiven, selbstkritischen Erinnerungskultur" benannt. Mohamed stand als Ehrengast auf der Bühne. Er sprach nicht. Er trug ein einfaches Schild: „Ich höre noch."

Rückschlag: Der Fall der Erinnerungsglocke

In einer Kleinstadt in Sachsen-Anhalt wurde eine Gedenkglocke für die Opfer der Deportationen von Jugendlichen in der NAF-Zeit mutwillig zerstört. Drei Jugendliche bekannten sich – anonym. Auf Social Media: „Wir wollen keine Schuldglocken mehr. Wir wollen leben."

Leila antwortete öffentlich: „Wir wollen auch, dass ihr lebt. Aber erinnert euch, wem ihr das verdankt."

Rückblick: Das Leiserwerden nach 1945

Ein neues Forschungsprojekt verglich die Jahre 1949–1953 mit den aktuellen Entwicklungen.

Ergebnis: Damals wie heute nahm die Wachsamkeit nach ersten Reformen rapide ab. Gedenkveranstaltungen wurden kleiner. Museen schlossen. Sätze wie „Es reicht jetzt auch mal" nahmen zu.

Georg zitierte einen Bericht: „Nach der Diktatur kommt nicht die Demokratie. Zuerst kommt das Vergessen. Und wer es nicht bekämpft, wird von ihm geformt."

Die Stimme der neuen Generation

In Berlin formierte sich eine junge Bewegung: „Erinnerung ist keine Pflicht" Sie sagten: „Wir wollen uns nicht definieren durch das, was war. Sondern durch das, was möglich ist."

Sie forderten: weniger verpflichtende Schulstunden zu 2029–2032, „Zukunftsfokus" statt „Vergangenheitsblockade", ein Ende der Schuldübertragung durch familiäre Narrative.

Mohamed wurde zu einem TV-Duell eingeladen. Ein 17-Jähriger sagte ihm ins Gesicht: „Ich war nicht dabei. Warum wollen Sie, dass ich mich trotzdem verantwortlich fühle?" Mohamed antwortete ruhig: „Ich will nur, dass du weißt, wie still es war – bevor es schrie. Vor dem Jahr 2029 wollte sich auch wenige erinnern und ihr kennt das Ergebnis."

Letzte Szene: Ein leerer Platz

In Leipzig blieb an diesem 9. November ein Platz leer. Kein Gedenken. Kein Licht. Nur ein Zettel an einer Laterne: „Wir waren zu müde, zu beschäftigt, zu spät. Vielleicht nächstes Jahr."

Georg ging daran vorbei. Er riss den Zettel nicht ab. Aber er blieb stehen. Und flüsterte: „Nicht nächstes Jahr. Jetzt."

Kapitel 49: Die Wahrheit, die verschwindet

Deutschland, Februar 2035

Die Archive waren das Herz. Nicht glänzend. Nicht spektakulär. Aber sie schlugen. Und sie hielten das Gedächtnis lebendig. Bis sie begannen, zu schweigen.

Der Skandal: Verschwundene Daten im Archiv

Anfang Februar wurde bekannt, dass aus dem nationalen Archivprojekt „Stimmen gegen das Vergessen" über 500 digitale Einträge spurlos verschwunden waren: Zeugenaussagen aus Lagern,

Abschiedsbriefe von Vermissten, Reden von Widerstandskämpfern und Widerstandskämpferinnen, Schulprojekte

Zuerst hieß es: „Technisches Problem." Doch schon bald deuteten Hinweise auf gezielte interne Löschungen hin – durch eine neu eingesetzte IT-Firma mit Verbindungen zu ehemaligen NAF-nahen Strukturen im Ausland. Die Öffentlichkeit reagierte entsetzt. Doch in einigen Medien hieß es auch: „War es nicht ohnehin zu viel geworden? Erinnern kann auch überfordern."

Krise im Bildungsministerium

Kurz danach geriet das Bildungsministerium unter Druck. Ein interner Leitfaden zum Thema „Erinnerungspädagogik" wurde geleakt. Darin hieß es: „Lehrkräfte sollten in der Gewichtung von Stoff Rücksicht auf die emotionale Belastbarkeit von Schülern und Schülerinnen nehmen – insbesondere bei Themen aus der Zeit der nationalen Erneuerung 2029–2032."

Empörung in der Öffentlichkeit. Leila: „Erinnert euch, wie viele gesagt haben: 'Wir wussten es nicht.' Und jetzt schaffen wir die Bedingungen, dass unsere Kinder es wieder nicht wissen werden."

Rückblick: Die schleichende Entpolitisierung nach 1945

Ein Dokumentarfilm machte in diesen Tagen Furore. Titel: „Wir wollten nur leben"

Er zeigte, wie ab 1951 viele Täter wieder Beamte, Bürgermeister, Richter wurden – weil „das Land sich nicht ewig mit seiner Vergangenheit beschäftigen konnte." Ein Satz blieb hängen: „Was man nicht sieht, vergisst man nicht. Man lebt daran vorbei."

Die Stimme eines jungen Schriftstellers

Leon Brandt, 22, veröffentlichte ein Roman, der das Land spaltete: Titel: „Ihr habt uns das Erbe vermint"

Darin:

- Eine fiktive Generation, die nie über die Lager sprach

- Ein Protagonist, der freiwillig alles vergisst

- Und ein Land, das sich neu erfindet – ohne das Alte

In Interviews sagte Brandt: „Ich habe Mitgefühl für die Überlebenden. Aber kein Interesse an der ewigen Pflicht zur Trauer. Ich will gestalten, nicht gedenken." Mohamed: „Dann wirst du beides verlernen."

Die Frage: Wie viel Wahrheit hält ein Land aus?

Ein öffentlicher Dialog wurde organisiert. Titel: „Was tun, wenn Erinnerung unbequem bleibt?" Georg trat auf. Er war älter geworden. Aber seine Stimme war ruhig. „Wir haben geglaubt, der Schmerz vergeht, wenn wir ihn aussprechen. Aber er bleibt – nicht, weil wir ihn nicht heilen können, sondern weil wir ihn brauchen, um zu wissen, wer wir sind."

Letzte Szene: Leila im Archiv

Nachts, allein, saß sie im Raum 3C des nationalen Archivs. Sie hatte Ausdrucke der gelöschten Dateien rekonstruieren lassen. Ein Monitor flackerte. Ein Bild erschien: Ein Junge, 11, schaut direkt in die Kamera. Darunter: „Wenn du das hier liest, bin ich vielleicht schon vergessen." Leila drückte den Speicherknopf. Dann sagte sie nur: „Nicht heute."

Kapitel 50: Was bleibt

Deutschland, Mai 2035

Es begann mit Flüstern. Dann mit Liedern. Dann mit Sirenen. Erinnerung hatte nie so laut geschrien – wie in dem Moment, als jemand versuchte, sie zum Schweigen zu bringen.

Der Anschlag

Am 7. Mai 2035 wurde das zentrale Gedenkzentrum in Berlin – ehemals „Haus der Nationalen Ordnung", heute Archiv des Erzählten Landes – Ziel eines Anschlags. Ein Sprengsatz zerstörte große Teile der Mediathek und des Lesesaals.

Drei Menschen starben:

- Eine Historikerin.

- Ein Freiwilliger, 18.

- Ein Kind, 10, das mit seiner Schulklasse zu Besuch war.

Das Land hielt den Atem an. Anonyme Bekennergruppe: „Lasst uns endlich leben – ohne eure Schatten."

Die Reaktion: „Nie wieder schweigen"

Am nächsten Tag versammelten sich hunderttausende Menschen auf Plätzen im ganzen Land. Ohne Organisation. Ohne Werbung. Nur durch Wut. Und Liebe. Sie trugen keine Transparente. Nur Namen. Und den Satz: „Ich erinnere mich für dich."

Mohamed spricht zum letzten Mal öffentlich

Am 9. Mai, genau fünf Jahre nach seiner Verhaftung, stand Mohamed auf den Stufen des zerstörten Zentrums. Sein Gesicht gezeichnet. Seine Stimme brüchig. Sein Blick klar. „Sie wollten Steine zerbrechen. Aber sie trafen Herzen. Und Herzen heilen nicht durch Vergessen. Sondern durch das Teilen dessen, was weh tut." „Ich weiß nicht, ob ich die richtige Sprache finde. Aber ich weiß: Wenn wir aufhören, uns aneinander zu erinnern, dann beginnen wir, uns zu verlieren."

Das Referendum: Bleibt das Archiv?

Zwei Wochen später stimmte das Land über ein Referendum ab – eingebracht durch konservative Stimmen, die „eine Entlastung der kollektiven Psyche" forderten. Die Frage: „Soll das Archiv des Erzählten Landes in eine digitale, optionale Form überführt werden – ohne Pflicht zur öffentlichen Förderung?"

Ergebnis: Nein. 68,3 % stimmten dagegen. Die Botschaft war deutlich: Erinnerung war kein Anhang. Sie war Grundpfeiler.

Rückblick: Der Beginn

Georg saß in der Bibliothek, ein letztes Mal. Er hatte die alten Akten hervorgeholt.

Die erste Verordnung Liebeschals. Das Foto von Mohamed im Verhörraum. Ein Kinderbild von Leila, mit dem Wort „Mut" darunter. Die letzten Worte eines Jungen aus dem Lager Teltow: „Wenn ich einmal frei bin, male ich mir Flügel." Georg flüsterte: „Du bist längst geflogen."

Ein neues Land

Am 23. Mai 2035 wurde die neue Verfassung in Kraft gesetzt – symbolisch auf dem Platz, wo einst der Reichstag stand.

Vier Menschen verlasen den letzten Artikel: „Dieses Land verpflichtet sich nicht nur zu Freiheit, Recht und Gleichheit – sondern zur Erinnerung als Teil seines Menschseins."

Leila stand in der Menge. In der Hand: ein Bild des Mädchens mit dem Herz. Mohamed neben ihr. Georg hinter ihnen. Und dann geschah nichts Großes. Keine Hymne. Keine Fanfare. Nur ein kleines Kind, das sagte: „Jetzt kann ich alles fragen, oder?" Und Leila antwortete: „Ja. Und du wirst nicht mehr allein sein, wenn du es tust."

Erinnerung an Mina – Brüssel 2035

Jule leitete heute die Stiftung „Sichtbar bleiben", die geflüchtete queere Künstlerinnen unterstützt. Sie spricht wenig über Mina – außer wenn sie gefragt wird, warum sie nicht zurückkam. „Weil ich nicht wusste, ob man mich noch fragt, wer ich war." In einem Raum ihres Büros hängt das letzte Flugblatt. Daneben ein Zitat von Leila: „Manche Liebe ist ein politischer Akt."

Eines Tages steht Georg im Flur der Stiftung. Er hat ihr ein Päckchen im Archiv eines Lagers gefunden – darin ein alter Umschlag mit Stempel, abgefangen, aber unversehrt. Mina hatte ihn geschrieben – im Frühjahr 2032.

Minas Brief

Liebste Jule, meine einzige Liebe,

wenn du das liest, dann ist etwas durchgedrungen. Vielleicht ich nicht. Aber Worte. Und das ist fast so viel. Ich schreibe in der Dunkelheit, weil sie vergessen haben, mir das Licht zu nehmen.

Ich liebe dich. Ich liebe dich so sehr, dass ich nicht fliehe – nicht, weil ich heldenhaft bin. Sondern weil du mein Zuhause bist, und ich es nicht verlasse.

Sag ihnen, dass wir gelebt haben. Sag ihnen, dass sie uns nicht ausgelöscht haben – nur ausradiert. Und dass die Linien wieder sichtbar werden.

Und dann – wenn du irgendwann wieder lachen kannst – dann lache zweimal. Einmal für mich.

Gedenkveranstaltung „Stimmen bleiben" – Berlin, 17. Juni 2035

Es regnet leise auf das Glasdach der Halle. Draußen wehen keine Fahnen. Nur Stoffbänder mit den Na-

men derer, die verschwanden, weil sie sich erinner-
ten. Ein großes Podium, schlicht gehalten. Keine
Hymnen. Keine Reden in Blech. Nur Stimmen. Nur
Namen.

Begrüßung durch den Vorsitz des Archivs

„Wir versammeln uns heute, weil Geschichte nicht
vorbei ist.

Wir erinnern nicht, weil wir Mitleid suchen.

Sondern weil wir uns verpflichten – der Wahrheit,
dem Zweifel, dem Menschsein."

Musikalischer Beitrag

Ein einzelnes Cello. Das Thema stammt von einer
Komposition, die in einem Arbeitslager entstanden
war – rekonstruiert aus Notizen auf Butterbrotpa-
pier. Der letzte Ton klingt wie das Geräusch eines
verschwindenden Zuges.

Hauptrede – Jule

Sie tritt ans Mikrofon. Weißes Hemd, graue Hose.
Keine Inszenierung.

„Mein Name ist Jule. Ich wurde geliebt von einer Frau, die heute nicht hier sitzen kann. Ihr Name war Mina. Sie war keine Heldin. Sie war meine Heimat."

Stille.

„Als wir damals Flugblätter verteilten, dachten wir, wir schreiben uns selbst in die Geschichte. Aber wir irrten. Was wir wirklich schrieben, waren Erinnerungen für andere. Für euch."

Sie zeigt auf die Reihen der Jugendlichen, die schweigend zuhören.

„Ich bitte euch nicht, zu glauben. Ich bitte euch, zu lesen. Zu fragen. Und irgendwann – wenn euch jemand sagt, dass es zu gefährlich ist, zu lieben, zu helfen, zu widersprechen – dann denkt daran: Wir haben es auch getan. Und wir leben in euren Blicken weiter."

Jule geht nicht zurück auf ihren Platz. Sie setzt sich auf den Boden vor das Podium. Wie jemand, der keinen Abstand mehr braucht.

Erinnerungskerzen

Georg, alt geworden, aber mit klarem Blick, zündet eine Kerze für Mohamed an. Mohamed kann nicht mehr sprechen – seine Stimme hat er in der Haft verloren. Aber als die Kerze brennt, hebt er die Hand. Und zeichnet mit dem Finger ein M in die Luft.

Leila liest die Namen derer vor, die verschwanden. Sie flüstert – damit man hinhören muss.

Schlusswort eines jungen Mädchens (15)

Sie steht am Mikrofon. Ihre Stimme zittert nicht. „Ich war nicht dabei. Aber ich habe es gelesen. Und ich habe jemanden gefragt, warum man euch nicht gerettet hat." Und die Antwort war: Weil wir dachten, es würde nicht so schlimm werden. Ich verspreche euch: Ich werde nicht warten. Ich werde fragen. Und wenn es dunkel wird – dann zünde ich eine Kerze an."

Auf dem Bildschirm erscheint nur ein Satz: „Die Diktatur endete. Die Erinnerung nicht."

Dimitrios - Jahre später – Die Liste

Leila sitzt im Verfassungsarchiv. Ein Umschlag: „Unbearbeitete Überstellungsakten". Ein Name sticht hervor: Dimitrios A.

Letzter Vermerk: „Versuchsprojekt abgebrochen. Rückführung nicht erfolgt." Leila weint nicht. Sie markiert den Namen. Schreibt darunter: „Er hat Geschichte geliebt. Jetzt gehört er zu ihr.

Der Stuhl am Rand

Berlin, 1. November 2035

Gedenkort „Haus der Stimmen" – Raum 17: Pädagogik in der Diktatur

Leila steht vor einer Schulklasse. Hinter ihr: ein leerer Holzstuhl. Auf dem Stuhl: ein vergilbtes Namensschild – „Dimitrios A." Daneben: ein Fußball, eine zerknitterte Hausaufgabe, ein Ausweis mit dem Vermerk: „Aber geboren in Deutschland." „Er war mein Freund. Und er war der beste Sozialarbeiter, den ich kannte. Er hat mit Jungs gearbeitet, die nicht wussten, wohin mit ihrer Wut. Er hat ihnen gezeigt, wie man mit einem Ball Respekt lernt. Und dass Zuhören nicht schwach macht."

Die Schüler schauen schweigend. Einer fragt: „Warum hat man ihn geholt?" Leila: „Weil er nicht reingepasst hat." „Und was hat er getan?" „Er hat geholfen." „Ist er wieder aufgetaucht?" „Nein. Aber wir."

Ein Brief aus Cottbus (gefunden 2035)

Der Brief wurde in einem alten Verwaltungskarton gefunden – unter der Rubrik: „Nicht weiterbearbeitet". Er ist von Dimitrios. Ungeschickt gefaltet, verblichen, aber lesbar.

An: Georg, Mohamed, Leila (oder wer immer meine Stimme findet)

„Wenn ihr das lest, sitze ich wahrscheinlich nicht mehr hier. Aber das ist okay. Ich war nie jemand, der für sich allein gelebt hat. Ich hoffe, ihr seid zusammengeblieben.

Dass Georg nicht wieder alles mit sich selbst ausmacht. Dass Mohamed wieder fotografiert. Dass Leila ihre Stimme nicht versteckt." „Sagt den Kindern, dass Geschichte nicht immer laut ist. Manchmal ist sie ein Stuhl in der Ecke. Oder ein Ball, der in einem vergessenen Keller liegt."

„Und wenn irgendwann wieder gefragt wird, ob man widersprechen soll – dann sagt: Ja. Nicht weil man gewinnt. Sondern weil man nicht schweigt."

„Ich war Dimitrios. Ich war deutsch. Ich war griechisch. Ich war da."

Der Schüler

Essen, 2035

Ein junger Mann – 24, breitschultrig, Tattoos, unsicher – sitzt in einem Klassenzimmer. Er spricht vor einer Gruppe Auszubildender. Er ist heute Erzieher. Sein Name ist Ali M. Er war einer von Dimitrios' Jugendlichen. „Ich bin nur hier, weil er an mich geglaubt hat. Weil er gesagt hat, dass Jungs wie ich Verantwortung lernen können. Und weil er geblieben ist, als andere gegangen sind."

Er zeigt ein altes Klassenfoto. Dimitrios steht hinten links. Lächelt. Ali tippt auf das Bild. „Das war mein Held. Nicht der mit einem Cape. Sondern mit einem Klemmbrett."

Kapitel 51: Das Leben danach – Deutschland im Jahr 2035 und darüber hinaus

Der Alltag ist ein Balanceakt

Die Menschen gehen zur Arbeit. Sie fahren Bus. Kaufen Brot. Hören Musik. Aber sie schauen sich öfter um. Viele Nachbarn grüßen wieder – aber vorsichtiger. Man weiß nicht mehr genau, wer damals gemeldet hat, geschwiegen hat, profitiert hat.

Ein junger Mann sagt in einer U-Bahn: „Ich will einfach leben. Aber ich will nicht vergessen, dass andere es nicht durften."

Die Lebenshaltung ist nicht euphorisch – sie ist ernst, leise hoffnungsvoll. Es ist ein Land, das zu flüstern begonnen hat – nicht aus Angst, sondern aus Demut.

Die Gesellschaft ringt um Sprache

Worte wie „Volksnähe", „Remigration", „Kulturelle Identität" sind verbrannt. Aber andere Begriffe – „Gnade", „Vergebung", „Zuständigkeit" – kämpfen noch um ihren Sinn.

In Schulen wird diskutiert: „Darf mein Opa ein guter Mensch gewesen sein, wenn er geschwiegen hat?" „Ist das Land heute frei, wenn manche noch Angst haben?" „Kann man lieben, ohne zu trauen?"

Das Land der Erinnerung und der Lücken

Es gibt Gedenkstätten. Archive. Theaterstücke. Aber auch neue Schweigezonen. In manchen Dörfern spricht man von „den Jahren", nicht mehr von „der Diktatur". Anderswo werden wieder Stolpersteine gelegt – nicht aus Bronze, sondern aus Papier: Briefe, Namen, Geschichten.

Leila sagt: „Wir müssen so erinnern, dass wir nicht erst wieder erinnern müssen."

Politisch: ein zerrissenes, aber wachsames Parlament

Die neue Regierung ist vorsichtig. Jede Entscheidung wird öffentlich begründet.

Einfaches Regieren gibt es nicht mehr – alles muss transparent sein. Es gibt eine „Kommission für politische Wachsamkeit" mit Vetorecht. Parteien, die demokratiefeindliche Positionen vertreten, dürfen sich registrieren – aber nicht kandidieren.

Die Demokratie ist nicht perfekt. Aber sie ist schmerzlich bewusst geworden.

Wirtschaftlich: ein Land im Wiederaufbau

Die Abwanderung von Fachkräften hat Lücken gerissen.

Neue Programme zur Rückkehr, gezielte Einwanderung, und Wiedergutmachungsstipendien wurden eingeführt.

Viele Betriebe bauen auf Strukturen von Solidarwirtschaft – genossenschaftlich, lokal, migrantisch geprägt.

Ein Metzger aus Hamburg sagt im Radio: „Früher hieß es: Die nehmen uns was weg. Heute weiß ich: Ohne die wäre ich weg gewesen."

Emotional: ein Volk mit Narben – und Stimmen

Viele sind traumatisiert – durch Verlust, Angst, Schweigen. Es gibt kostenlose Anlaufstellen für psychische Gesundheit. Jeder Schulabgängerin bekommt ein Erinnerungszertifikat – mit einem Lebensbericht einer unterdrückten Person.

Ein Junge schreibt in seiner Abschlussrede: „Ich bin 17. Ich kenne die Jahre nur aus Büchern. Aber ich weiß: Ich bin dafür verantwortlich, dass sie nicht wiederkommen – auch wenn ich sie nicht bewusst erlebt habe."

Die Hoffnung: Nicht, dass es vorbei ist. Sondern, dass es weitergeht.

Deutschland ist 2035 kein Vorzeigeland. Aber es ist ein hörendes Land. Ein Land, das langsamer spricht. Schneller zuhört. Und das gelernt hat, dass Demokratie kein Besitz ist – sondern ein Versprechen, das man sich gegenseitig immer wieder gibt

Heute, 2035, ist der Handel zurück – in Teilen.

Aber das Vertrauen braucht länger als der Warenverkehr.

- Neue Kooperativen bauen lokale Wertschöpfungsketten auf

- Solidarische Landwirtschaft ersetzt industrielle Versorgung

- Internationale Partnerschaften entstehen neu – langsam, vorsichtig, mit Bedingungen

Ein Händler in Freiburg sagt: „Die Regale sind wieder voll. Aber wir schauen noch immer, ob uns jemand beobachtet, wenn wir gute Orangen kaufen."

ZEHN JAHRE DANACH – UND WIR ATMEN NOCH

Ein Land zwischen Erinnerung, Wiederaufbau und dem schwierigen Jetzt

Von: Clara Weiss – für „Die Stimme der Zeit"

Erschienen am 17. Juni 2039

Berlin. Zehn Jahre sind vergangen, seit das Land fiel. Fünf, seit es wieder zu atmen begann.

Die Bundesrepublik Deutschland im Jahr 2039 ist nicht das, was sie einmal war. Aber vielleicht ist sie gerade deshalb: echt.

Die Narben im Pflaster

In Dresden wurde gestern eine Stolperschrift eingeweiht – 2.431 eingravierte Namen auf dem Boden der früheren Bezirksverwaltung für Volksidentität. Ein Junge blieb lange davorstehen. Er sagte nur: „Das sind viele. Und keiner davon ist in meinem Schulbuch."

In vielen Familien ist das Gespräch über „die Jahre" noch ein Flüstern. Manche haben Angehörige verloren, andere Freunde – oder sich selbst.

„Ich war nicht Täter. Nur still.", sagt ein ehemaliger Lehrer, 67. „Und heute weiß ich: Das war nicht genug."

Der neue Alltag

Supermärkte sind geöffnet. Züge fahren. Kinder lachen., Aber zwischen Bäckertheke und Schulflur liegt manchmal ein Schatten – ein unsichtbares „Weißt du noch?" zwischen den Sätzen.

Die Demokratie funktioniert – zäh, langsam, mit viel Streit. Aber der Streit ist ehrlich. „Wir wissen jetzt: Ein Gesetz reicht nicht. Man muss es leben.", sagt Kanzlerin Hannah Lenz.

Einwanderung als Wiedergutmachung

Was die Jahre 2029 bis 2032 angerichtet haben, ist nicht vergessen – besonders nicht in der Wirtschaft.

Der Fachkräftemangel bleibt spürbar.

Einwanderungsquoten wurden liberalisiert – mit kulturellem Begleitprogramm.

Viele, die geflohen waren, kehren zurück. Manche nur für ein paar Monate. Manche für immer.

Die neuen Städte wachsen mit neuen Stimmen. Ein Plakat in Essen: „Wir bauen nicht nur Häuser – wir bauen Vertrauen."

Gedenken im Wandel

Die „Tage der Stimmen" – einst spontane Gedenkaktionen – sind heute offizielle Feiertage. Schulen, Theater, Kinos, Rathäuser öffnen ihre Türen für Erzählungen. Nicht nur von damals. Auch von heute.

Leila N., mittlerweile auch Kulturbeauftragte im Bundesrat, sagt: „Erinnerung ist kein Rückblick. Sie ist der Boden, auf dem wir gehen."

Und was ist mit den Kindern?

Die neue Generation kennt das Regime nur aus Erzählungen. Manche sind genervt. Manche fragen. Einige verharmlosen – aus Unwissen, nicht aus Bosheit. Die Antwort darauf ist keine Zensur. Sondern: Zuhören. Erzählen. Wiederholen.

Der letzte Absatz

Deutschland 2039 ist kein Land ohne Angst. Aber es ist ein Land, das gelernt hat, was Angst auslöst – und was ihr entgegengesetzt werden kann: Klarheit. Nähe. Mut.

Der Unterschied zu 2029 ist nicht die Politik. Sondern das Versprechen, sich nicht noch einmal zu verlieren.

An einer Mauer in Leipzig steht gesprüht: „Wir erinnern uns – weil wir sonst vergessen würden, wer wir sind." Und darunter, kleiner, fast unsichtbar: „Dimitrios war hier."

Kapitel 52: Epilog: Wenn niemand mehr fragt

Deutschland, zehn Jahre später – Mai 2045

Es war ein Morgen wie jeder andere. Straßenlärm, Vögel, Kinderstimmen, die über Schulhöfe hallten. Und irgendwo in einem Klassenzimmer fragte ein Mädchen: „Warum gibt es eigentlich diesen Tag?" Der Lehrer zögerte. Nicht, weil er es nicht wusste. Sondern weil er ahnte, dass diese Frage größer war als die Antwort.

Und während draußen der Alltag lief – verblasst und voll Hoffnung zugleich – blieb auf einem Gedenkstein am Rand eines Platzes in Leipzig eine Gravur: „Du darfst dich erinnern. Auch wenn niemand mehr fragt."

Kapitel 53: Nachträge

Titel: „Ich habe nie darum gebeten, dass man mir zuhört – nur, dass man nicht wieder schweigt."

Interview mit Mohamed, geführt zehn Jahre nach den Ereignissen – im Jahr 2044. Es erscheint in einer literarisch-politischen Wochenzeitung mit dem Titel „Erinnerung Jetzt". Das Gespräch ist ruhig, persönlich und mahnend. Mohamed spricht als Mensch – nicht als Symbol.

ERINNERUNG JETZT (EJ):

Mohamed, es ist 2041. Zehn Jahre nach dem Referendum, zwölf Jahre nach Ihrer Inhaftierung. Können Sie in einem Satz sagen, wie es Ihnen heute geht?

MOHAMED:

Ich lebe. Und ich erinnere mich. Das ist nicht selbstverständlich. Aber es ist genug.

EJ:

Ihr Name wurde zu einem Symbol für Widerstand, für Menschlichkeit im System der Angst. Fühlt sich das an wie eine Last?

MOHAMED:

Nein. Eine Last wäre es, wenn ich geschwiegen hätte. Was schwer ist, ist die Einsamkeit, die das

Sprechen hinterlässt. Viele wollten nach 2028 nicht mehr mit mir sprechen. Zu laut, zu ehrlich, zu unbequem. Aber ich habe nie darum gebeten, dass man mir zuhört – nur, dass man nicht wieder schweigt.

EJ:

Wie war es, nach der Befreiung wieder in ein freies Land zu treten?

MOHAMED:

Fremd. Das Licht war greller. Die Menschen lachten anders. Ich konnte plötzlich wählen, wohin ich ging. Aber innerlich lief ich noch die gleichen engen Wege wie in der Zelle. Es dauerte, bis ich wieder glaubte, dass Türen aufbleiben dürfen.

EJ:

Gibt es einen Moment, der sich eingebrannt hat?

MOHAMED:

Ein Kind. Zehn Jahre alt. Sie hatte eine Zeichnung gemacht. Darauf stand: „Ich erinnere mich für dich." Ich habe nie wieder so geweint. Weil sie mich sah – nicht als Figur. Sondern als Mensch.

EJ:

Es gibt Stimmen, die sagen, man müsse sich von der Erinnerung lösen, um wirklich neu zu beginnen. Was sagen Sie dazu?

MOHAMED:

Wer nicht erinnert, beginnt nicht neu. Er wiederholt nur besser getarnt. Erinnerung ist keine Fessel – sie ist ein Kompass. Ohne sie gehst du los, aber weißt nicht, wohin.

EJ:

Was denken Sie über die neue Generation?

MOHAMED:

Sie ist ungeduldig. Und das ist gut. Ich war es auch. Aber ich hoffe, sie wird nicht unachtsam. Demokratie braucht Zweifel. Und sie braucht Menschen, die Fragen stellen, auch wenn die Antworten schmerzen.

EJ:

Letzte Frage: Gibt es etwas, das Sie heute noch bereuen?

MOHAMED (nach langem Schweigen):

Ja. Dass ich damals, 2029, an einem Abend, als ein Freund verschwinden sollte, nicht aufstand und ihn einfach umarmte. Ich dachte: Morgen ist auch noch Zeit. Aber manchmal ist es das Morgen, das nicht mehr kommt. Darum sage ich heute: Umarmt euch. Sprecht. Fragt. Jetzt.

Titel: „Erinnerung ist kein Unterricht. Sie ist ein Geschenk – und eine Zumutung."

Interview mit Leila, geführt im Frühjahr 2045, elf Jahre nach dem Zusammenbruch des Regimes. Es erscheint in der Zeitschrift „Lernen für Morgen", die sich dem pädagogischen und gesellschaftlichen Gedächtnis widmet. Leila ist mittlerweile Dozentin für Erinnerungspädagogik, Beraterin im Verfassungsrat – und Mutter.

LERNEN FÜR MORGEN (LFM):

Frau N., Sie gelten als eine der prägenden Stimmen der Erinnerungskultur nach dem Sturz des Regimes. Heute sind Sie Dozentin, Mutter, Aktivistin. Wie geht es Ihnen in dieser Rolle?

LEILA:

Ehrlich gesagt? Ich bin müde. Nicht erschöpft. Aber müde von Wiederholung, von Rechtfertigung, von dem Versuch, etwas zu erzählen, das manche nicht mehr hören wollen. Und doch weiß ich: ich muss.

LFM:

Was sagen Sie jungen Lehrkräften, die unsicher sind, wie sie die Jahre 2025 bis 2028 in den Unterricht bringen sollen?

LEILA:

Ich sage: Erzählt nicht von Politik – erzählt von Menschen. Zeigt, wie es war, als ein Kind nicht mehr zur Schule durfte, weil sein Nachname falsch klang. Erzählt von einem Lehrer, der verschwieg, wo sein Kollege geblieben war. Und erzählt, was ihr dabei fühlt. Denn Erinnerung ist kein Unterricht. Sie ist ein Geschenk – und eine Zumutung.

LFM:

Viele Jugendliche sagen, sie wollen nach vorn schauen. Wie begegnen Sie dieser Haltung?

LEILA:

Indem ich sie ernst nehme. Ich frage: „Wohin schaut ihr? Und warum wollt ihr nicht sehen, was hinter euch liegt?" Die meisten wollen nicht ignorieren. Sie fürchten nur, dass Erinnerung sie fesselt. Ich sage dann: Sie fesselt nicht. Sie warnt dich – damit du nicht im Kreis gehst.

LFM:

Was hat sich verändert seit der Veröffentlichung des Archivs „Stimmen gegen das Vergessen"?

LEILA:

Wir haben viele Geschichten gerettet. Aber wir haben auch erlebt, wie schnell man müde wird vom Zuhören. Die Gefahr ist nicht, dass man löscht. Die Gefahr ist: dass man noch liest – aber nicht mehr fragt.

LFM:

Sie sind Mutter eines zehnjährigen Sohnes. Was sagen Sie ihm, wenn er fragt, wer Sie damals waren?

LEILA (leise):

Ich sage ihm: Ich war mutig. Aber ich hatte Angst. Ich sage ihm: Ich habe geschrien – aber oft zu spät. Und dann frage ich ihn, was er tun würde, wenn eines Tages wieder jemand sagt: Du darfst das nicht lesen. Er antwortet: Dann lese ich es zweimal.

LFM:

Und was sagen Sie anderen Müttern?

LEILA:

Dass ihre Kinder nicht zu jung sind für Wahrheit – sondern oft zu allein damit. Und dass wir ihnen nicht Schuld geben müssen – nur das Werkzeug, damit sie es besser machen als wir.

LFM:

Letzte Frage: Haben Sie vergeben?

LEILA:

Nein. Aber ich habe aufgehört, auf Entschuldigung zu warten. Ich erinnere mich, nicht weil sie es verdienen. Sondern weil ich weiß: Wenn wir vergessen, gewinnen sie ein zweites Mal.

Nachwort von Leila

An dich.

Der du nie gedacht hast, dass dein Schweigen etwas bedeutet.

Und an dich –

die du geglaubt hast, du seist zu klein, um gehört zu werden.

Ich schreibe für euch.

Weil ich zu oft gedacht habe, ich bin nur noch eine Hülle.

Weil ich zu oft gesehen habe, wie Worte als Waffen benutzt wurden –

und wie still es wurde, als wir sie vergaßen.

Wir waren keine Helden und Heldinnen.

Wir waren Menschen.

Und manchmal ist das das Mutigste, was man sein kann.

Dieses Buch ist nicht für die Vergangenheit geschrieben.

Sondern für jene, die irgendwann in der Zukunft einen Moment erleben,

in dem sie spüren: Jetzt müsste jemand etwas sagen.

Dann schlag es auf.

Und erinnere dich:

Du bist nicht allein.

– Leila

VERFASSUNG
DER
BUNDESREPUBLIK
DEUTSCHLAND

FASSUNG VON 2035

Verfassung der Bundesrepublik Deutschland (Fassung von 2035)

-Auszug -

Präambel

Im Bewusstsein unserer Geschichte – der Würde, die wir einst versprachen, der Schuld, die wir erlitten und verschwiegen, der Stimmen, die wir zu lange nicht hörten – geben wir uns als Bürgerinnen und Bürger dieser Bundesrepublik Deutschland eine Verfassung, die nicht nur schützt, sondern verpflichtet.

Wir bekennen uns zu den unveräußerlichen Rechten jedes Menschen, zu Freiheit und Gleichheit, zu Recht und Gerechtigkeit, und zur aktiven Bewahrung dessen, was uns beinahe verloren ging: die Erinnerung.

Diese Verfassung erwächst aus dem Schmerz der Vergangenheit und dem Willen, nie wieder zuzulassen, dass Angst lauter wird als Mitgefühl und Macht stärker als Menschlichkeit.

Sie soll die Grundlage sein für ein Deutschland, das nicht nur durch Gesetze lebt, sondern durch das Gespräch, das Widersprechen, das Erinnern.

Wir reichen sie einander – nicht als Besitz, sondern als Versprechen.

Für uns. Für die, die nicht mehr sprechen können. Und für jene, die erst noch fragen werden.

Verfassung der Bundesrepublik Deutschland (Fassung 2031)

Abschnitt I – Grundsätze des Menschseins, der Freiheit und der Verantwortung

Artikel 1 – Die Würde

(1) Die Würde des Menschen ist Erinnerung, Stimme und Verantwortung. Sie ist unantastbar.

(2) Alle staatliche Gewalt hat sich zum Schutz der Würde zu bekennen – auch, indem sie ihre eigene Vergangenheit kennt.

(3) Die Achtung der Würde umfasst das Recht, sich zu erinnern, zu fragen und zu widersprechen.

Artikel 2 – Menschlichkeit

(1) Jeder Mensch hat das Recht auf Leben, körperliche und seelische Unversehrtheit, auf Zugehörigkeit und Schutz.

(2) Die Bundesrepublik Deutschland erkennt an: Menschlichkeit ist unteilbar. Kein Recht darf verweigert werden, weil jemand anders ist.

Artikel 3 – Gleichheit

(1) Alle Menschen sind vor dem Gesetz gleich – unabhängig von Herkunft, Sprache, Geschlecht, Religion, Behinderung, Liebe oder Geschichte.

(2) Wer Diskriminierung leugnet, schützt sie. Der Staat ist verpflichtet, Gleichheit aktiv zu fördern.

Artikel 4 – Freiheit

(1) Meinungs-, Gewissens-, Glaubens- und Kunstfreiheit sind unaufhebbar.

(2) Freiheit endet dort, wo sie anderen ihre Menschlichkeit abspricht.

Artikel 5 – Erinnerungspflicht

(1) Der Staat schützt das öffentliche Erinnern an Unrecht, Verbrechen gegen die Menschlichkeit und diktatorische Systeme.

(2) Kein staatliches Handeln darf auf dem Verschweigen, Verharmlosen oder Leugnen historischer Schuld beruhen.

(3) Bildungseinrichtungen sind verpflichtet, Erinnerung als Bestandteil von Demokratie zu vermitteln.

Artikel 6 – Demokratie

(1) Alle Macht geht vom Volk aus – durch freie, geheime und gleichberechtigte Wahlen.

(2) Demokratie ist nicht nur Verfahren, sondern Haltung. Sie lebt vom Widerspruch, vom Zweifel – und von der Erinnerung.

(3) Parteien, Organisationen oder Medien, die demokratische Grundwerte abschaffen wollen, verlieren den Schutz dieser Verfassung.

Artikel 7 – Schutz der Wahrheit

(1) Staat und Gesellschaft verpflichten sich zur Förderung freier, faktenbasierter Information.

(2) Die Manipulation öffentlicher Meinung durch Angst, Desinformation oder ideologische Gleichschaltung ist verfassungswidrig.

Artikel 8 – Medienfreiheit

(1) Die Freiheit der Presse, der Kunst, des digitalen Raumes und der freien Berichterstattung ist unantastbar.

(2) Öffentliche Medien erhalten besondere Schutzräume – nicht zur Kontrolle, sondern zur Sicherung ihrer Unabhängigkeit.

Artikel 9 – Schutz vor Machtmissbrauch

(1) Keine Regierung darf Machtstrukturen schaffen, die sich der demokratischen Kontrolle entziehen.

(2) Der Aufbau von Überwachung, Umerziehung oder ideologischen Lagern ist mit dieser Verfassung unvereinbar.

(3) Öffentliche Ämter verpflichten zur ethischen Wachsamkeit. Schweigen wird nicht geschützt, wenn es dem Schutz der Menschenwürde widerspricht.

Artikel 10 – Zukunft

(1) Jeder Mensch hat das Recht auf eine Zukunft, in der Bildung, Sprache, Identität und Erinnerung geschützt werden.

(2) Kinder und Jugendliche sind Träger der Demokratie von morgen – der Staat fördert ihre Fragen, ihre Kritik, ihr Mitwirken.

(3) Demokratie ist kein Besitz. Sie ist ein täglicher Auftrag.